# Même le bruit de la nuit a changé

Violette d'Urso

# Même le bruit de la nuit a changé

*roman*

Flammarion

ISBN : 978-2-0804-1914-9

*À mes sœurs*

*Je ne connais rien de lui et pourtant je le vois*
*J'ai inventé son nom, j'ai entendu sa voix [...]*
*Sa démarche ressemble aux souvenirs d'enfant*
*Qui trottent dans ma tête et dansent en rêvant*
*Sur son front, ses cheveux sont de l'or en bataille*
*Que le vent de la mer et le soleil chamaillent*

D'après Michel Legrand,
« Chanson de Maxence »,
*Les Demoiselles de Rochefort*

Tous les matins, une mouche se pose et se repose sur mon visage. Elle ne me laisse aucun répit, ne s'envole que pour mieux rebondir peu après, me fait redécouvrir certaines de ses parties auxquelles je ne pense jamais ; elle en explore tous les grains, tous les endroits un peu plus huileux comme les traces de mes lunettes de chaque côté de mon nez. Elle l'attaque sans cesse, le poinçonne, comme si de toute la force de son petit corps elle voulait le faire résonner, elle se jette dessus comme on se lancerait sur une porte cadenassée qui protège un secret. On dirait qu'elle veut absolument entrer dans ma tête. Et tout ça à six heures et demie du matin.

Dans une vie antérieure, cette mouche a sûrement été une mère très intrusive. Débarquant avec ses questions qui font mine de ne pas en être, agissant de façon étouffante, comme si c'était naturel. Toutes ces remarques s'impriment sur mon visage au rythme de ses pattes, soudain écrasantes.

Ce matin, après ma rencontre avec la mouche-mère, j'ai l'œil fou, des palpitations, je me gratte partout où elle s'est posée. Cette mère de je ne sais qui, réincarnée en un animal dont le centre d'intérêt principal est la poubelle, s'intéresse à moi comme à une matière fécale, elle me déguste et me rappelle à chaque seconde, par un message subliminal moucheux : « T'es une merde. » Elle se pose sur moi sans aucune gêne comme sur un corps qui ne peut plus réagir. Elle ne se concentre que sur mon visage, elle y disperse toute la crasse qu'elle a accumulée lors de ses précédents voyages, comme si mon corps vivait mais que ma tête était déjà morte. En même temps, qui d'autre qu'une mouche serait capable de m'annoncer une sentence aussi grave ?

Ce matin, cela fait quinze ans que mon père est mort.

# I

# Chapitre 1

Je suis dans le train qui me ramène d'un voyage scolaire. Le tunnel de la gare Montparnasse nous avale peu à peu. Je connais mal cette gare, ce n'est pas celle dont j'ai l'habitude. Cela lui donne un aspect un peu irréel. À mesure que le train avance, je regarde scrupuleusement le quai, à la recherche d'un homme portant un chapeau de feutre. Je n'entends plus les discussions des autres enfants. La silhouette de mon père est facile à reconnaître : en plus de porter un chapeau de feutre, il est longiligne, toujours vêtu de très beaux costumes, chaussé de bottines en daim marron, et tient parfois une canne. Il s'habille comme Mr Banks dans *Mary Poppins*, il est différent des autres pères de l'école qui sont en jean-baskets et dont je me demande, du haut de mes six ans, quand ils commenceront à s'habiller comme de vrais papas. Aujourd'hui, je n'accorderai pas un regard aux jean-baskets avec leurs pains au chocolat à la main. Aujourd'hui, c'est lui qui va venir me chercher, me sauver de cet enfer de la classe verte, lui avec son raffinement, ses discussions intelligentes, ses caresses sur mon crâne, ses baisers avec sa barbe qui repousse légèrement, son amour. Il me l'a promis. Je suis fière d'être la fille d'un homme si différent des autres, et j'aime aussi qu'il vienne me chercher comme n'importe quel père. J'ai mis exprès la jupe courte en flanelle grise qu'il m'a offerte, un pull qui gratte, et je me suis fait des nattes pour ressembler à une Anglaise rentrant du pensionnat. Tandis que je continue à scruter le quai pour le repérer et le rejoindre le plus vite possible, les autres enfants parlent, s'agitent sur leurs sièges, enfilent leurs gros manteaux et leurs sacs à dos mous et très lourds. Mais quand je descends du train, il n'est pas là, il m'a oubliée.

C'est ma mère qui apparaît, longiligne elle aussi, dans un manteau noir, parmi les autres parents. Elle est accompagnée de ma sœur Molly et d'Erika, une amie qui est comme une grand-mère pour nous. Il manque mon père et Rosalie, mon autre sœur, pour compléter le tableau. J'ai peur qu'il y ait eu un malentendu, que ma mère soit venue me chercher machinalement sans penser qu'il viendrait lui aussi. Je lui glisse un mot à l'oreille et je retrouve immédiatement l'odeur enivrante du parfum dont elle se met un *pschitt* chaque fois qu'elle sort de la voiture. Elle m'assure que tout est sous contrôle, qu'il lui a effectivement dit qu'il devait venir me chercher, mais qu'il a eu un empêchement. Je suis déçue parce que, cette fois-ci, je le lui avais fait promettre. J'ai fait reposer tout mon voyage sur cette perspective, prévenu mes amies, et me voilà face à un immense vide, incapable de me réjouir de mon retour. J'explique en vitesse à mes camarades encore sur le quai que mon père a eu un contretemps, persuadée qu'elles avaient retenu qu'il serait là, que c'était pour elles une information capitale et qu'elles sont aussi déçues que moi de ne pas le voir. Puis j'attrape la main de ma mère et nous nous dirigeons vers la sortie.

Je m'installe à l'arrière de notre petite voiture carrée que nous appelons toujours *grisette* alors qu'elle est kaki maintenant, et je coince ma tête entre les deux sièges avant pour raconter mon voyage. Je suis emmitouflée dans ma doudoune, collée à la valise dans laquelle j'ai rapporté des fromages pour toute la famille, un bulbe de tulipe et l'empreinte d'une patte de chèvre moulée dans du plâtre par mes soins – j'ai même appris à les traire, je mime le geste en passant mes mains entre ma mère et Erika. Je parle sans m'arrêter, elles ne sont pas très bavardes, je parle droit devant moi à toutes les lumières de Montparnasse.

Quand je rentre chez nous, je vois une masse noire, un monstre composé d'une vingtaine de personnes agglutinées. Je suis bien plus petite qu'elles et je me faufile entre leurs jambes et les pans de leurs vestes, alors elles se retournent toutes et la forêt dessine comme un chemin dans lequel je m'engouffre. Je ne reconnais pas tous les visages – il y a souvent beaucoup de gens que je ne connais pas aux moments importants de ma vie. Je traverse le salon jusqu'au couloir pour atteindre au plus vite la partie de l'appartement où l'on n'entend plus que des bruits assourdis de conversation, celle où l'on s'endort sur les manteaux. Le couloir est devenu anormalement long et étroit, il débouche sur la chambre de ma mère. On s'assoit par terre, au pied du lit, Erika me tient la main. Elles me regardent toutes les quatre, Rosalie nous a rejointes, silencieuse. « Qu'est-ce qu'il y a ? » « Il se passe quoi ? » : je les presse de questions comme si je voulais savoir un secret que tout le monde partage sauf moi, comme si l'on m'avait préparé une fête-surprise dont les invités seraient déjà tous là. Elles se dévisagent, ma mère se tourne vers Molly et lui fait un signe de tête.

Molly, du haut de ses douze ans, me dit avec une voix très douce : « Anna, papa est mort. »

Je ne comprends pas. Pour moi, on ne peut mourir qu'en chutant d'une falaise. Je vois mon père continuer de courir dans les airs et se rendre compte qu'il se trouve au-dessus du vide, comme dans un *Looney Tunes.* Je le vois tomber, retomber. Je questionne Erika mais elle ne mentionne pas la falaise, évite-t-elle le sujet ? Ce que je saisis finalement, c'est qu'il est mort le matin de l'anniversaire de Rosalie, alors qu'il partait en Italie, son pays natal. Mort dans la cage d'escalier, crise cardiaque.

Nous revenons dans le salon et nous parlons à toutes ces personnes qui sont venues pour nous. Si mon père n'a pas basculé dans le vide du haut d'une falaise, moi, en revanche, je suis tombée illico dans le lac du deuil. Les autres ont eu le temps de prendre conscience de la situation depuis trois jours. Au bout de quelques minutes, je m'éclipse dans ma chambre pour aller chercher un doudou. Je découvre ma mère allongée, les jambes trop longues pour mon lit, elle pleure. Maintenant j'ai l'impression d'être tout aussi responsable d'elle qu'elle l'est de moi. Je m'assois au bord du lit, à l'endroit où j'ai vu mon père pour la dernière fois, je plonge ma toute petite main dans les cheveux de ma mère, plus noirs que d'habitude, et je lui dis : « Ça va aller, maman, tu sais, on va s'en sortir. On va te réparer, maman. » J'ai conscience de la gravité de ce qui est en train de se passer, que notre vie ne sera plus jamais la même, mais ce drame me semble palpitant. C'est comme si je voyais tout changer autour de moi et que je grandissais de deux ans par heure, comme Alice au pays des merveilles. Je me répète silencieusement, On ne verra plus papa, je le martèle pour me le graver dans la tête. Les premiers souvenirs parfaitement distincts de mon enfance sont ceux de l'instant où elle prend fin.

Deux jours après, je descends les escaliers de notre immeuble et me regarde dans le grand miroir de l'entrée. Je porte de nouveaux habits, une robe et une cape noires, contrastant avec le blond cendré des boucles encore toutes chaudes que l'on vient de me faire. Je me trouve bien jolie en ce jour d'enterrement, je suis heureuse d'avoir une robe magnifique et des boucles qui me font penser aux anglaises des fillettes dans *Les Malheurs de Sophie*. Je tourne sur moi-même et, déséquilibrée, je m'approche au plus près du miroir, les contours de ma robe deviennent complètement flous. Je glisse ma main sous ma cape et touche la glace avec, le velours crée une sensation saccadée, irrégulière. Mes pieds sont serrés dans mes chaussures en cuir, dont le bout rebique et donne un élan particulier à mes pas, une cadence : la marche funèbre d'un enfant.

En haut, tout le monde s'agite, finit de se préparer, de se coiffer. Pour que le moment soit un peu joyeux, j'ai eu le droit de mettre du gloss et du vernis rouge sur mes ongles. Depuis que je suis rentrée, la maison n'a pas désempli. Des amis viennent tout le temps, pour nous soutenir, nous occuper, nous faire rire. Ma mère a passé ces deux derniers jours à répondre au courrier, des lettres s'étalent sur toute la surface de son bureau.

Depuis le premier rang de l'église où je suis assise avec mes sœurs et ma mère, je vois le cercueil. Juste derrière nous se tient toute la famille que l'on s'est créée, les enfants des amis de mes parents, une foule de jeunes. À ma droite, il y a deux amies de l'école. Ce ne sont pas mes copines les plus proches, mais je suis touchée qu'elles soient là. Elles s'ennuient, elles contemplent la voûte, elles balancent leurs pieds, je les regarde, ce sont des enfants obligées d'assister à une cérémonie de grands à laquelle elles ne comprennent rien. Maintenant je suis différente. Je les remercierai poliment de leur présence, mais je ne veux plus perdre de temps à jouer avec elles. Je suis concentrée sur le cercueil, je le fixe de toutes mes forces, mais je n'arrive pas à pleurer. Je me répète que mon père est dedans, coincé, rigide, que désormais je n'aurai plus de père, rien n'y fait. J'essaie encore et encore, je me gratte, rien ne sort. Je serre tellement mon bouquet de jonquilles que je sens un léger jus sortir de leurs tiges. Les personnes autour de moi semblent accablées, elles ont le regard vide, et moi je suis un monstre. Normalement c'est le moment de sa vie où l'on pleure le plus. Je ne pleurerai donc plus jamais ?

Je suis soulagée que mon jeune âge m'autorise à ne pas faire de discours. Je n'aurais pas su quoi dire. Même si je l'avais vu mourir, je n'aurais pas su. C'est sûrement pour cela qu'on apprend des prières, pour avoir quelque chose de digne à dire. Les prières que l'on ne comprend pas sont encore plus efficaces. Peut-être vaut-il mieux entendre des sons que des mots...

L'église déborde de monde, les portes sont restées ouvertes. Il y a des personnes de toutes sortes, venues des quatre coins du monde : des Écossais, des extravagants, des Italiens, des chics, des sérieux, des Indiens, des Japonais, des Polonais, des rockeurs, des intellos. Comment ont-ils été au courant ? Je m'imagine que les princes des quatre continents se sont déplacés pour le saluer. Ils sont debout dans la foule, ils ont mis du temps pour arriver depuis leurs contrées lointaines et ils n'ont pas trouvé de places assises. Mon père a voyagé sa vie entière, et devant moi se déploient pour la première fois tous ceux qu'il a rencontrés, toute la diversité de son monde.

Nous quittons l'église et mon père sort à son tour, il traverse la foule au son de *Santa Lucia*, chant de son pays natal qui retentit dans une nef parisienne. Mes oncles semblent n'avoir aucun mal à le soulever, comme s'il ne pesait plus rien. C'est quand je vois le corbillard sur le parvis que je ressens le vide, et je pleure. Cette fois-ci, il part pour de bon, on le kidnappe. On le met à l'arrière de cette voiture pour l'emmener loin de moi. Je comprends que c'est ça, la nouvelle vie de mon père, une boîte. J'ai envie de me glisser dans le corbillard avec lui, pourquoi ne peut-on pas voyager ensemble ? Si c'est possible d'y mettre un cercueil, pourquoi pas aussi une petite fille ? Je suis prise de panique, d'un sentiment d'urgence, j'aimerais me jeter sur le cercueil, gratter le bois avec mes ongles d'enfant encore mous. Les portes du corbillard se ferment, je n'ai pas bougé. Je regarde le corbillard démarrer et je lance un baiser à mon père, en imitant ma mère qui le fait aussi. Je lui promets que je serai là, à Rome, où il sera mis en terre. Je demande à ma mère qui arrivera là-bas en premier, lui ou nous ? Elle me répond qu'il part immédiatement. Je me dis que je ne pourrai véritablement le revoir qu'au paradis et qu'il faut que je sois une bonne fille pour être sûre de le rejoindre un jour.

Avant de partir pour Rome, je retourne à l'école. On m'offre un immense panda en peluche, et la maîtresse me donne une pochette jaune sur laquelle elle a écrit mon prénom en belles lettres bien rondes et qui contient, liés par des rubans pailletés, les dessins que m'ont faits les élèves de ma classe. Tous ces cadeaux m'émeuvent profondément.

À Rome, devant le caveau, je découvre l'endroit où sont enterrés mes ancêtres. J'imagine ma famille réunie au grand complet là-haut – ma grand-mère paternelle est morte quand mon père avait neuf ans, et son mari quand j'avais un an. Cela me rassure, mon père va retrouver ses proches qui sont déjà au ciel, comme me l'a dit ma mère. J'ai hâte de les rencontrer. En attendant ce jour-là, le prêtre me dit que je peux leur parler à tous, même à ceux que je n'ai pas connus.

Mon parrain me prévient qu'il va y avoir une éclipse. J'étais sûre qu'il se passerait quelque chose d'exceptionnel au moment de la mise en terre de mon père. Soudain tout devient bleuâtre et gris, les tombes rejoignent le ciel, puis l'obscurité se dissipe pour laisser place à un immense rayon de soleil.

# CHAPITRE 2

Dans les mois qui ont suivi la mort de mon père, je parlais souvent de lui à mon amie Sarah, j'amplifiais les histoires que m'avait racontées ma mère, les raccourcissais pour la tenir en haleine, m'inventais parfois un rôle que je n'avais pas eu. Je lui racontais la fois où il était venu nous chercher à l'école en rollers, déguisé en Davy Crockett ; ou encore quand il avait débarqué en costume et chapeau de feutre sur la plage, un jour d'été, dans une paillote tirée par un petit bateau de pêcheur, en criant « *Aiuto ! Aiuto !* » devant les gens, hilares. Je lui racontais qu'il avait emmené ma mère au fin fond de l'Inde pour rencontrer une vieille femme qui faisait le meilleur thé chaï du Rajasthan et qu'il semblait connaître depuis toujours. Je lui parlais de ces matins que nous passions, lui et moi, dans son lit à regarder des dessins animés, j'étais toujours malade et j'étais très malheureuse à la crèche, alors ma mère me glissait sous les draps, à ses côtés. Enfin, je lui parlais de son bureau, véritable reflet de son âme, je lui décrivais les lumières chaudes, les amoncellements de papiers, le lit – élément essentiel d'un bon bureau –, les lettres qu'il fermait avec un cachet de cire, les gravures, la lotion verte qu'il appliquait sur ses cheveux, les mots qu'il coinçait sous les rebords de son miroir, les piles de livres, les statuettes anciennes, les tableaux – des portraits, des baies de Naples, des sanguines dont je me souvenais distinctement. Cet antre était ma pièce préférée de l'appartement où je suis née. Personne n'y était retourné après sa mort, ma mère avait envoyé des déménageurs en leur demandant de tout vider. Je montrais à Sarah une des seules choses que j'avais gardées de mon père, un foulard vert et rouge représentant une scène de chasse avec des lapins, des chevaux, des lévriers, comme une tapisserie de château. Je lui parlais de son amour pour les cabinets de curiosités, de son raffinement. Toujours les mêmes histoires, les mêmes objets, les mêmes photos – c'était ça qui était agréable : un père fidèle à mon idéal, une belle image, des éléments immuables posés sur ma table de nuit. Dans ma famille, on faisait sans cesse référence à lui, à ce qu'il aurait aimé, à ce qu'il connaissait, à ce qui marquait sa différence. Mon père était superstitieux, il nous avait appris qu'il ne fallait pas ouvrir de parapluies à l'intérieur d'une maison, ni poser de chapeaux sur un lit, c'étaient des règles d'or pour Molly et moi et nous les observions scrupuleusement.

Avant de mourir, mon père avait offert des graines de roses trémières à la directrice de mon école, qui les avait plantées dans les jardinières de la cour. Elles ont refleuri à la fin de l'année, quand les vacances d'été approchaient. Je me suis dit que comme il m'était arrivé quelque chose de très grave, très tôt, ma vie serait une suite de belles choses, de bonnes nouvelles, c'était une chance, j'avais déjà payé mon dû et j'étais protégée désormais par un ange gardien (mon père).

Parfois, je repensais aux quelques jours que j'avais vécus dans l'innocence de ce voyage scolaire, ce bref répit avant qu'on ne m'annonce la nouvelle. La nuit même de sa mort, j'avais fait un rêve étrange : une amie de ma mère, morte d'un cancer un an auparavant, me parlait ; elle me disait de faire attention à mes parents, d'être courageuse. Je m'étais réveillée à ce moment-là, j'avais regardé la lune depuis mon lit superposé et je m'étais dit tout bas : « J'espère que mon père va bien et que personne ne va mourir dans ma famille. » C'est mon premier souvenir d'insomnie.

Le lendemain matin, tout allait bien, mon rêve resterait donc comme un petit secret : il ne fallait pas que je m'inquiète.

Ce n'est que plus tard, à Paris, que j'avais compris que mon père était mort cette nuit-là, trois jours avant mon retour. Ma mère avait choisi de ne pas me prévenir, c'était déjà assez dur pour moi d'être partie de la maison, de vivre en communauté – je ne voulais jamais aller au parc, à l'école, chez des amis, ni voyager. Elle avait tout de même appelé la maîtresse, et aujourd'hui encore je pense souvent à elle, aux jeunes animateurs qui m'avaient regardée jouer le lendemain de mon rêve, l'air un peu fatigué mais heureux, et qui savaient que ma vie d'enfant allait bientôt être à jamais saccagée, que la destruction était déjà en cours tandis que je continuais de courir et de m'amuser.

Un autre souvenir me revient, que, pourtant, je voudrais enfouir au plus profond de moi. Mes parents, toujours ensemble, vivaient alors, provisoirement, dans deux appartements séparés. La situation n'était pas bien claire pour moi. Ce jour-là, j'avais décidé de passer une nuit chez mon père, il me manquait. Je détestais dormir ailleurs, quand des amis m'invitaient, je comprimais la main de ma mère pour qu'elle invente une excuse et refuse (ce qui la faisait passer pour une mère très stricte), mais là, c'était différent, mon père vivait dans l'appartement où j'avais grandi, je n'avais aucune inquiétude. Malgré tout, une fois seule dans mon lit, j'ai été prise de panique et j'ai voulu rentrer chez ma mère. Mon père s'est montré très compréhensif et m'a répondu avec calme qu'il allait l'appeler et me ramener. Mais elle m'a demandé de faire un effort, tout allait bien se passer. J'étais tiraillée : si je restais, je ne parviendrais jamais à dormir, et si je rentrais chez ma mère, je m'en voudrais d'avoir abandonné mon père, qui avait l'air triste. J'ai finalement décidé de retourner chez elle. Mon père est mort quelques mois après et, par la suite, je n'ai cessé de regretter d'être repartie ce soir-là, de ne pas avoir profité de lui, de lui avoir causé de la déception, alors qu'il était un père merveilleux. Après cela, il m'est devenu impossible de quitter ma famille, les gens que j'aime le plus, par peur qu'ils meurent, qu'ils disparaissent d'une seconde à l'autre ou qu'ils m'abandonnent.

Trois mois après la mort de mon père, ma sœur Rosalie, qui est bien plus âgée que moi, s'est mariée, elle avait vingt-cinq ans. Mon père lui avait demandé de faire, en plus du mariage d'été qu'elle souhaitait, un mariage d'hiver pour qu'il puisse mettre son plus beau chapeau de feutre. Son habit était déjà pendu dans sa chambre, dans l'attente de la cérémonie.

À l'enterrement, une jeune femme, Karolina, de l'âge de Rosalie, s'était approchée d'elle et lui avait dit : « Je suis désolée, je sais que nous ne nous connaissons pas, mais j'étais une amie de ton père et j'étais avec lui quand il t'a acheté ton cadeau de mariage, il m'avait demandé de le garder chez moi, il faut absolument que tu le récupères. » C'était une noix sertie d'or dans laquelle il avait déposé une petite épingle de nourrice, en or également.

J'ai des souvenirs très précis du mariage de Rosalie, plus que des six années que j'ai vécues avec mon père. Comme si après sa mort j'avais commencé à retenir scrupuleusement ce que je voyais, par peur que cela finisse par m'échapper. J'étais demoiselle d'honneur et je regardais avec admiration ma grande sœur vêtue d'une longue robe blanche déambuler dans le grenier de notre maison de campagne. Elle était comme d'habitude très en retard, et soudain elle a accroché sa robe, qui s'est déchirée. La tension est montée d'un cran, tout le monde l'attendait à l'église et personne n'avait de quoi raccommoder la robe. À ce moment-là, Rosalie a murmuré : « La noix. » Elle a ajouté devant notre air stupéfait : « L'épingle de nourrice de papa. » Ma mère l'a sortie de la noix et piquée sur la robe. L'accroc était invisible à présent, on aurait dit que mon père avait tout prévu.

Rosalie a enfilé la noix sur son collier et nous avons sauté dans la voiture qui nous a emmenées à l'église.

En l'espace de trois mois, je m'étais retrouvée dans une église pour l'enterrement de mon père, puis pour le mariage de ma grande sœur, et j'étais devenue croyante.

Mon père était italien, et la culture catholique avait toujours été assez importante chez nous, bien que peu pratiquée. J'aimais l'esthétique chrétienne, les vitraux, la liturgie, les statues de Marie, les cierges, les chants, les histoires sur les saints. Encore aujourd'hui, quand la lumière traverse les vitraux derrière l'autel, j'ai l'impression qu'elle est pénétrée de l'esprit de mon père et je ferme les yeux en signe de reconnaissance. J'ai toujours parlé très simplement dans mes prières. Petite, je m'imaginais mon père riant avec Dieu de mes maladresses pour que celui-ci me pardonne.

# CHAPITRE 3

L'église et le rhum-Coca-Cola, voilà ce qui m'a sauvée. Je me rappelle mes petits doigts qui mettaient le CD de *Rum and Coca-Cola* des Andrews Sisters en boucle dans la chaîne hi-fi métallisée. La chanson retentissait dans le salon Ikea entièrement créé en une nuit par ma mère après qu'elle eut décidé de déménager, en pensant que la séparation avec mon père serait provisoire. Je n'avais pas bien compris pourquoi nous avions changé d'appartement à l'époque ; ce que je savais, c'est que désormais nous ne pourrions plus retourner dans celui où j'étais née, car mon père y était mort. Je me souviens de mes jambes fines qui se tordaient et se pliaient tandis que je répétais *jet-lag*, un mot que m'avait appris Jacques, l'ami de ma mère qui était tout le temps à la maison après l'enterrement. Je lui en étais reconnaissante, mais je ne le sentais pas tout à fait honnête. J'avais l'impression qu'il profitait de ce moment pour jouer les sauveurs et charmer ma mère. Il avait une énergie de dragueur, un peu sexuelle. Enfin, du haut de mes six ans, je sentais qu'il avait une vie sexuelle et ça me gênait. Je n'aimais pas l'idée que ma mère soit – expression abjecte apprise je ne sais comment à cette époque – « sur le marché ». Parfois, quand il me parlait, je mettais la musique un peu plus fort pour ne pas entendre, pour avoir une raison de ne pas répondre, et je chantais à tue-tête : « *If you ever go down Trinidad/ They make you feel so very glad/ Calypso sing and make up rhyme/ Guarantee you one real good fine time/ Drinkin' rum and Coca-Cola.* » Toujours est-il qu'il m'a transmis, en m'apprenant le mot *jet-lag*, l'amour des termes très précis de la langue anglaise. Quant à ma mère, je crois qu'elle ne voyait même pas Jacques, elle était veuve et plus jamais aucun homme n'entrerait dans sa vie, elle en était sûre.

Mon lien avec l'Italie avait à présent pris les traits de Vittorio, le frère aîné de mon père. Il mesurait deux mètres dix et portait de très beaux costumes, avec des baskets aux pieds et toujours un accessoire décalé. Un jour, il était arrivé au restaurant où nous l'attendions vêtu d'un grand manteau en cachemire, un bonnet rose sur la tête, sur lequel était écrit *New York City*. Ma mère m'avait expliqué qu'il y avait vécu une partie de sa vie. Il avait toujours un cadeau pour nous. S'il n'avait pas eu le temps d'en acheter un, comme il refusait d'arriver les mains vides, il nous apportait les peignoirs ou les charlottes de l'hôtel où il résidait à Paris, et ça nous faisait rire, ce qui était le principal objectif à ce moment-là de notre vie.

Ma mère travaillait, se débrouillait seule, et répondait à ses mails la nuit pour avoir le plus de temps possible avec nous quand elle rentrait du travail. Lorsqu'elle avait fini tout ce qu'elle avait à faire, elle regardait *Sex and the City* jusqu'à ce qu'elle sombre dans le sommeil, unique façon de s'endormir. Molly, elle, se focalisait sur la lecture et l'école, et moi, sur la télévision. Une enfant qui neutralisait sa mélancolie en restant immobile devant Disney Chanel. Une tristesse cachée sous des kilos d'humour, de blagues applaudies et de paillettes américaines. Pas facile à déceler. Aujourd'hui, je comprends que cette technique me permettait de demeurer seule toute la journée sans inquiéter personne. Erika nous appelait, Molly et moi, « les pétasses », en riant, parce qu'on chantait en boucle les airs des séries *Hannah Montana* et *High School Musical.*

On ne faisait pas de bêtises parce qu'on avait peur de la mort. Un moment d'inattention, un mouvement brusque, comme pousser quelqu'un dans la cour, pouvait tuer. Après tout, mon père était bien mort dans les escaliers. Ma mère nous protégeait, mais nous nous sentions responsables les unes des autres à parts égales, comme si nous pouvions échanger les rôles. Il m'arrivait souvent de dire « ma mère » à la place de « ma sœur ».

En fait, il n'y avait surtout plus de place pour les bêtises. Il fallait se relever, avancer, vivre et soutenir ce souffle de vie. Toute connerie, tout caprice d'enfant, toute crise d'ado, tout apitoiement, toute plainte non justifiée aurait ralenti le processus. Nous avions le droit d'être tristes, mais pas trop longtemps. On devait se rendre compte de notre chance aussi : nous étions là ensemble, toutes les trois et en bonne santé. D'autres avaient des vies bien plus dures que la nôtre. J'apprenais à relativiser, mais penser qu'il y avait pire dans la vie, même avec la meilleure volonté du monde, ça ne m'empêchait pas d'éprouver une réelle souffrance. Cela me rendait aussi assez peu indulgente avec les autres enfants, ceux qui ne relativisaient pas leurs problèmes alors qu'ils avaient leurs deux parents.

On tirait toute notre énergie d'un rituel majeur : « la minute boîte de nuit ». À un moment de la soirée, sans rien dire, ma mère éteignait les lumières, mettait du Elvis à fond, et on dansait jusqu'à la fin de la chanson, pour s'épuiser. Cette habitude exaspérait Mme Patat, au deuxième, qui nous maudissait et donnait de grands coups de bâton dans le plafond, créant un *dance floor* vibrant. Quand nous étions bien fatiguées, ma mère nous courait après jusqu'à notre lit et, une fois que nous avions sauté dedans, elle s'exclamait : « Ouhhh, tu l'as échappé belle ! » J'étais très curieuse de savoir ce qu'elle me ferait si jamais je ne me glissais pas sous la couette, si je ne sautais pas à temps dans mon lit, si elle m'attrapait, comme si derrière cette phrase s'était cachée une punition d'une immense violence. Je la questionnai de nombreuses fois, mais elle se contentait de répéter : « Tu l'as échappé belle, tu l'as échappé belle. » Je savais que je n'échappais à rien, mais je courais, poursuivie par cette phrase, tous les soirs, rien que pour voir ma mère lancer ses fausses menaces de loup-garou et distribuer ses caresses. Elle fermait ensuite la porte jusqu'à ce que je lui dise « stop » quand il y avait juste assez de lumière qui filtrait.

# CHAPITRE 4

En juillet, ma mère travaillait. Elle nous envoyait chez des amis. Je me souviens de ces moments de tristesse intense, le soir, juste après la douche, avant le dîner, quand mes parents me manquaient atrocement. Je téléphonais à ma mère avec une petite voix qui dérapait à chaque phrase. Je voulais la rejoindre, j'étais inconsolable. Elle m'envoyait parfois des lettres et des petits paquets que je gardais précieusement dans ma chambre et je sentais le parfum qu'elle avait mis sur mon doudou. Mon père me manquait aussi. Je pleurais, j'allais voir les personnes chez qui j'habitais, mais elles ne me comprenaient pas. Elles me répétaient, comme on le dit à tous les enfants, que j'étais simplement fatiguée et que c'était l'heure d'aller me coucher. Mais mes pleurs à moi prenaient une tournure métaphysique. Alors le soir, dans mon lit, je parlais en chuchotant à mon père, je laissais ma main entrouverte et j'avais l'impression de sentir le poids de la sienne.

À la fin du mois de juillet, nous partions enfin dans notre maison de famille sur la côte amalfitaine. Vittorio n'était pas toujours là, il faisait des allers-retours à Rome, mais c'est lui qui s'occupait de la maison. Il nous appelait parfois pour nous dire que des amis à lui allaient arriver, qu'il fallait les accueillir, il essaierait de passer, mais il était sûr qu'on les trouverait très sympathiques, et ça marchait à chaque fois.

J'aimais énormément cette maison avec ses grandes terrasses face à la mer. C'était un des rares endroits où j'avais des souvenirs précis de mon père, et notamment celui-ci : quelques jours avant mon baptême, j'ai six ans, mon père est dans la salle à manger, où il y a un trompe-l'œil très surprenant. Il est tout en blanc, pieds nus, il tente de m'apprendre une prière en italien, cela m'angoisse énormément et il rit avec le prêtre de leur organisation de dernière minute. C'est la seule et unique fois où il a essayé de me parler en italien – il s'étonnait que je ne comprenne pas cette langue, comme si c'était censé venir naturellement. Quand ma mère lui disait de m'apprendre, il me parlait en napolitain.

La nuit, parfois, je retombais en rêve dans son royaume imaginaire. J'entrais dans un grand cabinet de curiosités où était présenté tout ce qu'il aimait. De fins objets d'ambre, minuscules et précieux, réalisés avec la plus grande minutie ; d'autres, plus massifs, en ivoire. Deux bagues entrelacées qui contenaient chacune, dans un creux ménagé sur le côté, un minuscule squelette. Et puis de grandes estampes de papier de riz, fines, presque translucides. Au loin, dans le jardin, parmi les buissons noirs, se dressaient des statues classiques, blanches, lisses. Des livres de minéralogie sur les cristaux les plus délicats étaient disposés dans une grande pièce aux murs en bois décorés de fresques de Paolo Uccello. Enfin, dans une bulle en verre, se trouvait le trésor de cette collection, un os de géant. Le monstrueux était essentiel dans le monde fabuleux du cabinet de curiosités de mon père. Tous ces objets que j'imaginais touchaient, chacun à sa manière, au magique, leur présence était surnaturelle. Ce monde inventé, mon père me l'avait légué, c'était mon trésor. Il se glissait dans chacun de ces objets rares, extraordinaires, dans tous ces tableaux de la Renaissance accumulés, comme s'il n'y avait pas d'autre endroit où je pouvais le retrouver.

Mon père a continué à peupler ainsi mes rêves jusqu'à la fin de mon adolescence. Et comme je l'avais recréé entièrement, je désespérais de ne pas partager ma vie avec cette personne exceptionnelle. J'aimais une création de mon esprit – en circuit fermé. Je vivais dans un monde de femmes depuis sa mort, mes sœurs, mes cousines, les amies de ma mère. Je manquais donc de père, tout en ayant eu le meilleur que l'on puisse imaginer. C'était ça, le pire, il avait existé, je l'avais connu, j'avais des photos où j'étais avec lui, j'aurais pu être une des personnes les plus proches de lui, mais j'en avais été privée. Un des rares témoignages de son existence que je possédais était un échantillon de la lotion verte qu'il versait tous les jours sur ses cheveux et dont je reconnaissais parfaitement l'odeur. Celui que j'avais fabriqué en esprit avait un corps qui avait bien été en vie.

Je croyais qu'il allait revenir, qu'il se cachait. C'est peut-être pour cela que j'ai survécu, que je me suis senti la force d'aider ma mère. J'avais l'impression d'être la seule détentrice du secret, la seule à savoir qu'on le reverrait et que tout cela ne durerait pas. À chacun de mes anniversaires, je m'imaginais qu'il allait réapparaître, je regardais sans cesse cette porte qui ne s'ouvrait que sur des gens qui me décevaient. J'ai passé des années à être déçue par tout le monde parce que tout le monde n'était pas mon père.

Je me disais même qu'il vivait peut-être dans une petite ville française avec une nouvelle famille (ça m'était égal), ou en Asie. J'imaginais son dîner de retour, qu'est-ce que je pourrais bien lui dire ? Pour me préparer à nos retrouvailles, je consignais chaque soir tout ce que j'avais vécu dans la journée. Je décrivais scrupuleusement mes émotions car j'avais remarqué que, changeant avec le temps, nous ne parvenions plus, au bout d'un certain moment, à retrouver notre ancienne vision des choses, que des périodes qui nous avaient paru cruciales rétrécissaient, jusqu'à ne plus occuper qu'une place infime dans notre esprit.

Étrangement, je me répétais cela tout en me disant aussi qu'il était au paradis, au ciel, qu'il nous voyait depuis là-haut et pouvait même entendre ce que nous pensions. Mon aptitude à avoir honte était poussée à son maximum car j'avais sans cesse la sensation que le regard de mon père, un regard extérieur, se posait sur moi, je n'étais jamais seule. Quoi qu'il arrive, je devais être exemplaire, puisqu'il pouvait soit me voir, soit débarquer d'un instant à l'autre. Je faisais ce qui lui aurait plu, ce qui l'aurait rendu fier. J'essayais d'être la plus élégante possible – je savais qu'il aurait rêvé d'enfants anglais bien peignés –, j'avais supplié ma mère, pour mes huit ans, de m'acheter un pantalon en tweed car il ressemblait à ceux qu'il portait. Comme c'était un intellectuel, je m'intéressais à la Grèce antique, à la peinture de la Renaissance, au latin. Si mon père n'était plus là pour m'apprendre tout ce qu'il savait, alors je devais m'y mettre seule au plus vite, et plus tôt que les autres. Je m'efforçais d'être à sa hauteur en permanence.

Il pouvait apparaître à tout moment, ou il nous regardait depuis le paradis : il n'y avait que ces deux possibilités. Tout sauf l'absence.

# Chapitre 5

Lorsque j'avais huit ans, un homme a fini par arriver. Pas mon père, Ezra.

Il cherchait à voir ma mère par tous les moyens et était donc très souvent avec nous. Ma sœur m'avait raconté que c'était l'amoureux de ma mère, ma mère m'avait dit que c'était faux. Je ne comprenais pas comment elle pouvait être avec un homme, personne ne pouvait être aussi beau, aussi élégant, aussi délicat que mon père. Ezra était un de ces papas en jean-baskets qui font des remarques sur la manière dont on doit parler aux adultes. Un week-end, il est venu avec ma mère et moi à la campagne, dans la maison que mon père et elle avaient conçue ensemble et dans laquelle ils avaient vécu durant une année. Mon père y avait apporté la majorité de ses livres et les avait rangés dans une grande bibliothèque qu'il aimait par-dessus tout. Le samedi matin, Ezra m'a aidée à faire mes devoirs, ça me plaisait énormément, ce n'était pas le genre de mes parents et j'avais besoin qu'on me soutienne, seule j'étais paralysée. À un moment, je n'ai plus eu d'encre, et alors que je me levais pour aller chercher une cartouche, Ezra m'a dit de rester là, il s'en chargeait. Comme il ne revenait pas et que j'avais déjà une centaine de nouvelles questions à lui poser, je suis montée voir ce qui se passait. En haut des escaliers, je l'ai aperçu qui donnait un baiser à ma mère.

J'ai aussitôt fait demi-tour, je me suis barricadée dans ma chambre et j'ai exigé que Molly nous rejoigne par le premier train, sans quoi je ne sortirais pas. Je me sentais protégée dans cette pièce étroite et close, pleine de nos jouets d'enfant, un bout de monde où l'on pouvait encore croire qu'on était à l'ère de mon père. Je trépignais en attendant Molly, je voulais ranimer ma vie d'avant, je ne voulais pas être propulsée dans une nouvelle histoire ni assister au moindre changement. Tout ce jeu me soulevait le cœur, la fausse famille, avec ses deux parents bourgeois en Converse, une petite fille et une grosse voiture pour aller à la campagne, et personne ne se doutant que tous trois cachaient un macchabée et que celui qui paraissait être mon père, nous ne le connaissions que depuis deux mois.

J'ai passé toute la journée enfermée dans ma chambre. Puis nous sommes allés chercher Molly à la gare.

À la fin du week-end, nous sommes tous rentrés à Paris. J'en voulais à ma mère – je l'avais surprise en flagrant délit, à un moment où elle n'était pas qu'une mère, j'avais trouvé une occasion de lui faire des reproches, elle si parfaite, qui portait notre famille avec une douceur et une joie incomparables.

Nous avons retrouvé notre appartement, une noix, une coque de bateau, qui ne contenait pas assez d'espace pour désespérer ni entasser des choses excepté ce dont nous avions besoin au jour le jour. Un seul endroit était superflu et laissé vide : sous les combles, au fond d'un de ses placards, ma mère avait installé une porte qui ouvrait sur une pièce triangulaire minuscule et sans lumière. Elle n'avait d'autre utilité que d'être un endroit secret connu de nous seules, une cachette, une chambre pour mon père, un dernier bout de cocon, un endroit entièrement vide comme celui où l'on aurait aimé vivre après le décès de mon père.

La chambre de ma mère était située sur une mezzanine, on y accédait par un petit escalier en colimaçon. Un soir, ma mère s'y trouvait avec Ezra, tandis que j'étais dans le salon. Je me suis avancée vers la chaîne hi-fi qu'on n'avait pas fait marcher depuis quelque temps, et j'ai inséré la compilation de chansons italiennes que ma mère nous avait gravée sur un CD à la mort de mon père. J'ai mis le volume pas trop fort, juste pour qu'elle l'entende, qu'elle se rappelle, qu'elle l'imagine en bas. Je me suis placée au centre du salon et j'ai commencé à danser un slow. Je voulais partager ce moment avec lui, un rêve de petite fille, danser sur les pieds de mon père. Je voulais que ma mère descende, qu'elle se dise, Ça y est, elle est folle, et qu'elle se rende compte de ma tristesse. Ce qui me revient particulièrement aujourd'hui, c'est l'épaisseur de mon père, de ce vide, mes petits pieds froids sur le sol du salon, qui ne seraient jamais plus juchés sur ceux de mon père me balançant en rythme, et ma détresse. Personne n'est descendu ce soir-là, ni du colimaçon ni du ciel.

Ezra s'est peu à peu immiscé dans notre monde uniquement composé de femmes, jusqu'à s'installer dans notre appartement noix. Quand lui ou ses enfants nous énervaient, Molly et moi ne nous privions pas de dire : « Si papa était là, ça ne se passerait pas comme ça, on n'aurait pas tous ces problèmes. » Je me suis longtemps sentie coupable à cause de ces quelques phrases.

Au bout de quelque temps, nous avons rangé des valises dans notre cachette sous les toits, nous nous sommes mêlées à la famille d'Ezra, mais notre lien de guerrières se reformait à chaque anniversaire de la mort de mon père.

Mon père attrapant un scorpion par la queue et le soulevant très haut du bout des doigts avant qu'il vienne nous piquer les chevilles : voilà l'image que je conservais de lui, comme du seul homme qui pouvait nous sauver.

Deux ans ont passé. Nos liens avec Ezra étaient devenus aimants, il avait réussi à nous montrer qu'il nous aimait comme ses filles mais que nous n'avions pas à le considérer comme un père.

À présent Molly était grande. Elle était tellement fine que son torse semblait exploser quand elle riait. Elle était si grande pour ses seize ans qu'une montagne aurait paru plus pointue à un spectateur avisé si elle s'était tenue à son sommet. Son corps fragile n'était protégé que par ses taches de rousseur qui tentaient de se rejoindre, de se multiplier afin de lui créer une carapace. Malheureusement elles n'y parvenaient pas et sa peau fine et transparente apparaissait par endroits, comme une fenêtre sur son âme affectée. Elle avait de grands moments d'absence qui révélaient sa souffrance et sa sensibilité. Elle portait des habits trop grands, trop épais, comme s'ils lui permettaient de prendre plus de place. Elle s'enveloppait dans des baggys de rappeur américain, et des bagues lui couvraient la moitié des doigts. Elle arborait même un tatouage qui s'étalait sur tout l'avant-bras, le prénom Paloma (celui de sa meilleure amie) en lettres italiques, comme le leader d'un *baby gang*. Elle avait un long corps, une toute petite tête et des cheveux auburn qui changeaient de couleur selon son humeur. Ses yeux verts perçants ressemblaient à deux billes, ils étaient toujours brillants et rougis – on aurait dit qu'elle y mettait toute sa force pour jeter un sort ou déplacer des objets à distance, comme dans son livre préféré, celui qui lui avait fait aimer la littérature, *Matilda* de Roald Dahl.

Molly ne terminait jamais les livres qu'elle avait commencés, ou plutôt elle voulait toujours en entamer d'autres. C'était une maladie. Elle aimait les attaquer, les dévorer quand elle était encore dans l'excitation du début, mais elle finissait toujours par chavirer. Tout l'intéressait, mais il y avait trop de livres. Elle ne s'arrêtait pas de les lire par manque d'intérêt, mais parce qu'elle trépignait devant toutes les planètes qu'elle avait encore à découvrir. Une amie de ma mère psy pour enfants avait dit que c'était sûrement lié au traumatisme de la disparition de notre père, que sa relation aux livres était trop intense et qu'elle voulait s'enfuir avant leur fin, avant la chute annoncée, à chaque page tournée. En même temps, c'est tellement plus facile de commencer une relation que de la poursuivre. Elle lisait de la littérature américaine en version originale, elle trouvait qu'elle était plus proche du réel que la nôtre. Quand nous étions à la campagne, elle allait lire dans les gares désertes aux alentours, il y avait de l'ombre, des bancs, très peu de mouvement, juste assez pour la distraire un peu et la faire replonger d'autant mieux dans sa lecture. Quand un train entrait en gare, elle lisait sa page avec avidité comme si elle allait devoir laisser son livre avant d'embarquer. Le train avançait en grondant, elle s'efforçait de se concentrer encore plus, les portes se refermaient, elle restait sur le quai en s'imaginant qu'elle abandonnait sa destination, happée par sa lecture. Parfois, elle sautait dans l'un d'eux, sans jamais se faire prendre, et, quand elle revenait le soir, on ne savait pas si les histoires qu'elle racontait sortaient de ses livres, de son imagination ou de la réalité. Personne ne cherchait d'ailleurs à le savoir.

Quant à moi, quand je disais que j'avais perdu mon père à six ans, on me répondait de plus en plus souvent : « Ah, ça va, tu étais petite, tu ne t'en souviens pas trop. » « En sixième », ai-je menti un jour à un jeune homme qui me posait la question. Je souhaitais qu'il prenne ma souffrance au sérieux. Je m'en suis voulu immédiatement, j'avais l'impression de faire en sorte qu'il s'apitoie sur mon sort alors que je n'avais pas à me plaindre. Je pensais que c'était un coup de chance que mon père soit mort quand j'étais petite, avant d'avoir trop de souvenirs et d'habitudes avec lui. Mais retarder la date de sa mort me permettait de rester plus longtemps dans la période de deuil où on nous pardonne tout. Au bout de quelques années, le statut d'orphelin s'estompe, on ne peut plus s'en servir pour justifier ses comportements, on ne va pas pleurer toute la vie, ni expliquer tous ses maux par ça. Ça bassine les gens. Chaque date anniversaire de la mort de mon père était éprouvante. Je m'habillais en noir, je pleurais et me frottais les yeux tout en me disant : C'est l'idée de ne plus avoir de père qui me torture car je trouve cela tragique et injuste. Puis je poursuivais : Je ne souffre pas vraiment du manque puisque je ne me souviens pas de lui. Je me complaisais dans le fait d'être orpheline comme si c'était la seule chose qui me donnait de la profondeur. Je voulais montrer aux autres que je portais une douleur immense, que je n'étais pas celle qu'ils imaginaient, avec une vie simple.

# CHAPITRE 6

Vers mes seize ans, j'ai voulu savoir qui était mon grand-père Piero, que je n'avais pas connu. Ma mère m'a dit que c'était un « homme comme il n'en existait plus aujourd'hui, très élégant, très drôle et aussi très cultivé ». Son oncle était un grand intellectuel italien. Il avait, paraît-il, la plus grande bibliothèque d'Italie et s'était spécialisé dans l'étude de la culture française. Il était considéré comme l'une des personnes qui en avait le mieux décrit la quintessence. Il fascinait mon père et mon grand-père, qui avait lui aussi une immense bibliothèque rassemblant tous les classiques de la littérature française. Mon grand-père Piero parlait français en utilisant des mots appris dans Chateaubriand. Lui et ma mère s'aimaient énormément. « La première fois que je suis arrivée à la maison de la côte amalfitaine, m'a raconté ma mère, j'ai été surprise par ce bloc posé face à la mer à perte de vue, c'était sublime et étouffant. Elle était remplie d'œuvres d'art et de meubles design très élégants, mais surprenants pour une maison de vacances. C'était une maison très masculine depuis la mort de la femme de Piero. » J'ai demandé de quoi ma grand-mère était morte. « Elle a eu un accident de voiture sur la route de la côte », m'a répondu ma mère, avant de me décrire ce couple, dont elle avait tellement entendu parler : « Ils étaient napolitains tous les deux, ils ont déménagé à Rome dans les années 1950 et Piero est devenu un grand avocat. Elle, Rosalia, était une femme très belle, brune, très chic, très indépendante, le regard fort, toujours une cigarette à la main. » J'avais hérité de deux photos d'elle, sur chacune elle regardait vers le bas, et sur l'une elle se tenait sur la terrasse et ne portait qu'une chemise à rayures au-dessus de son maillot de bain, et des sandales dont les lacets montaient sur ses chevilles bronzées. Ma sœur Rosalie, elle, avait hérité de son prénom. Je savais que ma grand-mère était de la famille Monte da Noce, une famille noble napolitaine, car mon oncle Vittorio m'avait donné un livre retraçant leur généalogie. Ma mère a poursuivi : « À la mort de Rosalia, Piero s'est retrouvé seul avec ses trois fils, ce qui fait que tout le monde l'appelait "Babbo", le père. La mort de sa femme l'a dévasté, il a porté une cravate noire en signe de deuil jusqu'à la fin de ses jours, et cette maison de la côte s'est figée dans le temps. Plus jamais aucune femme ne s'y est installée. Malgré tout, les plus belles femmes y ont séjourné. Les deux frères aînés et leur père étaient de grands séducteurs. Le frère du milieu, Giorgio, était le mauvais garçon. Toutes les filles étaient à ses pieds. À vingt ans, il en a mis une enceinte. Comme elle était d'une bonne famille, il a dû l'épouser. Un grand mariage a été organisé à la cathédrale, tout Rome était convié, et il n'est pas venu ! Son père, Babbo, se cachait derrière une colonne, mort de honte. On a retrouvé Giorgio trois jours après sur une plage, ivre. Il ne pouvait pas s'en sortir comme ça, il devait absolument épouser cette fille, l'honneur de la famille était en jeu. Ils ont donc fait le mariage et le divorce en même temps. Ils sont arrivés ensemble et sont repartis dans deux voitures différentes. Dans la maison de la côte, les amis de Vittorio se mêlaient à ceux de Babbo, des intellectuels italiens, des peintres, des psychiatres, des philosophes. Tout ce monde-là se fréquentait. Ton père racontait que la première femme à avoir porté un bikini sur la plage d'Amalfi était une des invitées de Babbo, et je crois même qu'elle a par la suite été excommuniée par le pape, ou quelque chose comme ça. Il racontait aussi que Nino, un pêcheur du village, avait couché avec Jackie Kennedy, venue avec sa sœur, Lee Radziwill, qui avait une histoire avec Babbo. Je me souviens également d'une histoire avec Maria Callas, à qui ton père avait fait faire un tour de bateau. » Ma mère avait raconté tout cela très vite, sans détails, mais j'étais émerveillée par toutes ces histoires, même si la dernière, il me semblait l'avoir lue dans un livre de Pasolini, encore un qui devait se prendre pour mon père…

# Chapitre 7

À la mort de mon père, ses deux frères avaient contracté un cancer, ce que j'ai appris beaucoup plus tard car tous deux étaient tirés d'affaire. Mais l'année de mes seize ans, le cancer de Giorgio a récidivé de façon très violente, et il est mort en quelques semaines. Alors Vittorio a fait des examens : des métastases s'étaient développées de nouveau et partout. Nous avons pris immédiatement l'avion pour aller le voir à Rome.

Quand nous sommes arrivées, il avait totalement changé, il était très affaibli, amaigri, et ne pouvait plus se lever. Rosalie était venue avec son bébé, une petite fille, dont elle venait d'accoucher. En la voyant immobile, attentive, dans son berceau, alors que nous étions, mes sœurs et moi, autour de son lit, Vittorio a dit en français : « Elle me ressemble ou je lui ressemble, je ne sais pas. » Comme à chaque fois dans cette famille, on s'en sortait par l'humour. Nous sommes restées à parler et à rigoler pendant des heures. À un moment, le téléphone de Vittorio a sonné, il n'avait pas dit qu'il était gravement malade et continuait de travailler. Il parlait en anglais dans son lit médicalisé, entouré de nos conversations. Tout d'un coup, il s'est arrêté, a mis la main sur son téléphone et nous a dit : « Mais vous êtes comme les oiseaux de Marrakech ! » Ce qui nous a fait exploser de rire. Les piaillements des oiseaux le trahissaient au téléphone quand il était en vacances, et là, les rires de ses nièces avaient révélé qu'il était chez lui et non pas au bureau.

Mon oncle avait vécu aux États-Unis dans les années 1960. Il était un des premiers Italiens à faire carrière dans la banque à New York. Il appartenait à une jet-set cosmopolite et naviguait entre l'anglais, le français et l'italien avec aisance. C'était un as de la sociabilité. Il me traîna des dizaines de fois dans des déjeuners avec des hommes importants accompagnés de leur épouse, et des comtesses italiennes avec une coiffure choucroute qui l'adoraient... Il mélangeait public et privé, et son humour lui permettait de signer les affaires les plus importantes avec une facilité confondante.

Son passe-temps favori dans les cocktails était de faire voler sa jambe au-dessus de la tête de son interlocuteur, en ne le prévenant que par un « *one, two, three* » prononcé avec un fort accent italien et une pause entre chaque mot pour mieux calculer son jeté. Malgré la lenteur étrange de l'annonce, l'enjambé était souvent pris de court. C'était, je pense, une manière de détendre la personne, de la déstabiliser aussi, et de la ramener à un sentiment animal, à une émotion primitive, afin de créer un lien, de casser une barrière tout en montrant qui dominait l'autre. C'était presque une parade. Ce passage de la jambe au-dessus de la tête de l'interlocuteur provoquait une montée d'adrénaline ; il le faisait comme un jeune homme emmène une fille voir un film d'horreur au cinéma pour qu'elle se jette dans ses bras, il voulait susciter une sensation forte, un saisissement proche du coup de foudre. C'était également une façon de se moquer de lui-même et de sa grande taille, un peu comme un Cyrano de la souplesse.

Il était un des rares Italiens à être aussi lié à des personnalités étrangères. C'était un familier d'Agnelli, mais aussi de Henry Kissinger et de la princesse Margaret. Il avait toujours quatre téléphones portables, qu'il posait sur la table quand il venait nous voir, mes sœurs et moi. Dans sa banque, il avait été en charge des affaires avec l'Amérique latine et l'Asie du Sud-Est. Sur un des murs de son salon étaient accrochées des centaines de photos sur lesquelles il serrait la main aux plus grandes figures du siècle : papes, acteurs, chanteurs, présidents. Ces amitiés cosmopolites poussaient même Rosalie à croire que l'Italie l'utilisait pour conclure des accords officieux ou même faire du renseignement sous couvert de ses airs mondains.

Un mois après, c'était mon dernier jour de lycée, je devais aller le lendemain à Rome pour les vacances. Je m'ennuyais en cours et j'ai regardé mon téléphone, mon parrain m'envoyait ses condoléances : Vittorio était mort. Je suis sortie de classe sans pouvoir respirer, j'ai appelé ma mère, elle ne répondait pas, j'ai donné des coups de pied dans le mur, appelé Ezra, les amies de Vittorio, en répétant, en larmes, alors que tout tanguait autour de moi : « Il est mort ? Il est mort ? », jusqu'à ce que, dans un souffle désolé, sa meilleure amie me confirme ce que je savais déjà. Encore une fois, on n'avait pas voulu me prévenir pour ne pas gâcher ma journée d'école.

Rosalie avait prévu d'organiser une fête ce soir-là, qu'elle a décidé de maintenir. Molly et moi y sommes allées, c'était sûrement ce qu'il aurait voulu, il nous aurait dit : « *The show must go on.* »

Le lendemain, je suis arrivée la première à Rome, dans cette maison encore tiède, fraîchement morte. Une heure après, *ding dong*, un paquet était livré. Le secrétaire de mon oncle, seule personne présente dans la maison avec moi et le corps, a dit en grommelant d'un ton inquiet : « Encore un de ces paquets comme il n'arrêtait pas d'en recevoir depuis des semaines. » J'ai tout de suite demandé de quoi il s'agissait et il m'a répondu : « De la marijuana. »

C'est par ce biais-là qu'il m'a parlé de l'affaire Lana. Quelques mois plus tôt, Vittorio avait été contacté par une femme américaine d'une cinquantaine d'années qui disait être sa fille. Elle avait entendu dire qu'il était malade et voulait le rencontrer. Ils avaient commencé à se raconter leurs vies respectives, il avait évoqué les douleurs dues à son cancer, et après son retour aux États-Unis, elle s'était mise à lui envoyer des kilos de marijuana. Mon oncle, très amusé, faisait préparer des *space cakes* qu'il offrait à ceux qui venaient lui rendre visite. Il n'avait parlé de cette fille à personne et lui avait légué de l'argent avant de mourir.

Mon oncle, que j'avais toujours connu célibataire et sans enfant, avait en fait une fille. Mais était-ce vraiment sa fille ? Pourquoi avait-elle attendu qu'il soit sur son lit de mort pour se déclarer ? Avait-elle juste contacté au hasard un Italien riche et mourant ? Ces pensées affreuses se bousculaient dans ma tête. De surcroît, cette histoire de drogue, bien qu'hilarante, jetait un trouble et questionnait sur l'état de conscience de mon oncle. J'étais tout de même malheureuse pour cette fille qui avait découvert son père juste avant sa mort. Quel genre de deuil ressentait-elle ?

J'étais tellement surprise par cette histoire que je voulais qu'elle se prolonge, j'attendais les prochains rebondissements provoqués par la mort de mon oncle.

À présent, des gens sonnaient à la porte sans interruption, allaient saluer le corps, se rencontraient dans le salon, s'asseyaient et discutaient. On se serait cru dans une pièce de théâtre, le deuil était l'occasion de se réunir, de voir qui était là, qui n'était pas là, d'entendre les derniers ragots (sur le mort ou sur un autre), et le salon se remplissait considérablement.

J'ai fini par m'exiler dans une autre pièce pour lire *Le Comte de Monte-Cristo* – je ne me souviens plus d'une seule de ses pages aujourd'hui. Puis ma mère et mes sœurs sont enfin arrivées. Rosalie était complètement shootée par les médicaments qu'elle avait pris pour calmer sa peur de l'avion. Je les avais attendues pour aller voir le corps. Mon oncle reposait sur son lit de mort. C'était la première fois que je voyais un cadavre. J'essayais de discerner, comme ma mère me l'avait dit, les signes indiquant que son âme – ce que j'aimais chez lui – avait disparu pour monter au ciel. Mais tout ce que je voyais, c'était son visage maquillé par les pompes funèbres, qui le faisait ressembler à une influenceuse américaine. Soudain j'ai remarqué un détail plus absurde encore : il portait une cravate avec des saucisses cocktail et des verres de martini dessinés dessus. Quand je l'ai montrée à mes sœurs, nous n'avons pas pu nous empêcher d'être prises d'un immense fou rire. La cour dans le salon d'à côté devait se demander ce qui pouvait bien nous arriver. C'était le comble pour un homme qui avait été si élégant toute sa vie. Lui aussi aurait adoré ce détail.

Une fois calmées, nous sommes sorties de la pièce. Ma tante, la femme de Giorgio, s'est approchée de nous et, dans son français incertain, nous a annoncé qu'elle avait pris rendez-vous pour aller *crémer* Vittorio. Le fou rire qui sursautait encore dans notre thorax est reparti de plus belle. Je voyais cette peau maquillée être mise à cuire dans une grande marmite, elle résistait un peu au début car elle était raidie et durcie par la mort, puis elle devenait de plus en plus crémeuse. Mon rire était presque cauchemardesque, il ne s'arrêtait pas et m'empêchait même de respirer, il m'emmenait dans des replis effrayants de mon imagination, j'avais la sensation d'avaler cette crème beige épaisse et poudreuse issue du corps de mon oncle. Cette fois, dans le salon, ils étaient certainement tous outrés pour de bon par notre comportement.

Alors que nous étions à peine remises de notre hilarité, quelqu'un a toqué à la porte. C'était un bel homme, grand, brun, très musclé, d'une quarantaine d'années. Nous nous sommes chacune redressées pour paraître plus grande que celle d'à côté et lui avons demandé en chœur si nous pouvions l'aider, pensant qu'il s'était peut-être perdu. Il nous a dit qu'il était le kinésithérapeute de notre oncle et qu'il rapportait quelques affaires qu'il avait oubliées à son cabinet. Depuis trois jours, des paquets parvenaient des hôtels du monde entier avec ce même motif. Après qu'il fut allé voir le corps, mes sœurs et moi lui avons libéré une place à la table où nous nous étions installées et l'avons assailli de questions pour le garder le plus longtemps possible avec nous. Le dieu grec du début a peu à peu perdu ses moyens, il parlait de moins en moins et a fini par nous avouer qu'il avait une liaison avec mon oncle. Il disait avoir été très présent à la fin de sa vie. Nous croyions que ça s'arrêterait là, mais pas du tout. L'amant, ému d'être pour la première fois accepté à la table familiale, nous a avoué qu'il avait passé sa vie à se cacher, qu'avec mon oncle ils s'étaient aimés follement pendant plus de vingt ans et que seul son secrétaire était au courant. Pendant toutes ces années, il le rejoignait secrètement dans tous ses déplacements. Il était même là, à Paris, lors de l'enterrement de notre père. Je tombais des nues. Je venais non seulement d'apprendre que mon oncle était homosexuel, ce que tout le monde sauf moi semblait déjà avoir compris, mais surtout de découvrir cet homme, son plus grand amour, qui avait vécu une vie en parallèle de la nôtre, qui nous connaissait très bien, sans qu'on le sache, toujours présent dans l'ombre. Il nous appelait par nos prénoms et j'avais l'impression que défilaient dans ses yeux toutes les photos qu'il avait vues de nous dans les mains de mon oncle. J'éprouvais la douleur du mensonge continu de mon oncle. Pour la première fois, je prenais conscience du poids de notre famille, de la préservation de l'ordre du clan. Pour la première fois, je me questionnais véritablement sur les secrets, de famille en particulier, et sur la nécessité de les révéler, ou non.

Mon oncle lui avait fait promettre de ne rien dire après sa mort, comme s'il voulait ne pas avoir souffert de tout cela pour rien, que son secret ne soit pas révélé au moment même où il ne pourrait pas jouir de sa liberté, et cet homme trahissait sa parole, il n'avait pas peur des fantômes. Je le remerciai cependant, c'était à la fois essentiel de savoir ça, et déchirant de le voir assis à cette table : il avait fait ce dont il rêvait depuis toujours, voilà, c'était dit, mais il avait trahi l'homme qu'il aimait. Nous allions sûrement déjeuner avec lui, puis il disparaîtrait, la famille ne garderait sans doute pas de liens forts avec lui.

L'enterrement a eu lieu dans l'église la plus moche de Rome. Je pleurais, m'étouffais et riais aux éclats à chaque trait d'humour des discours, sans pouvoir reprendre mon souffle. J'essayais de me concentrer sur autre chose pour me calmer, un vitrail, les croque-morts. Je chantais dans ma tête la chanson *Oncle Archibald* qui me faisait penser à Vittorio. Mais les larmes ne se tarissaient pas. Je pleurais de me retrouver face à la mort, à laquelle je pensais toute la journée, et de ne toujours pas en revenir. Je ne pouvais y croire, ni concevoir qu'il ne serait plus à la table des déjeuners d'été. Je me disais, encore une fois, que j'aurais dû le voir davantage. Je pleurais de n'avoir pas tout retenu. Il me manquait déjà. Je ne pouvais supporter de perdre une figure paternelle de plus. Petite, j'étais obsédée par le fait que personne ne me conduirait à l'autel, le jour de mon mariage. Et puis j'étais partie en quête d'un homme à qui je pourrais le demander. J'avais choisi Vittorio.

Il ne restait plus que des femmes pour représenter ma famille paternelle. Oui, cette génération d'hommes n'avait eu que des filles – même dans sa progéniture illégitime. Alors que, pour eux, la seule mort avait été celle d'une femme, leur mère, pour nous, tous les hommes étaient destinés à mourir tôt. Notre destin était de vivre entre femmes, au milieu des meubles masculins de la maison de la côte amalfitaine, la maison de famille qu'ils nous avaient léguée. Les seules femmes à s'y être installées après notre grand-mère, c'était nous. L'été d'avant la mort de Vittorio, Molly défiait tous les invités à la table d'échecs de notre grand-père. Tous ses disques avaient été conservés. Notre préféré était *New York, New York* de Frank Sinatra, je le posais sur la platine et mettais le volume au maximum. Nous dansions en levant nos longues jambes le plus haut possible, et nos bras comme si nous soulevions des chapeaux hauts de forme. Nous chantions à tue-tête sans savoir que la conquête de New York par notre oncle Vittorio était la plus grande fierté de la famille. Nous chantions en montant sur les tables en osier, en faisant tomber les livres, ignorant que c'était précisément à ce moment-là que nous représentions le mieux l'esprit de cette maison.

Après la mort de nos deux oncles, des problèmes d'héritage nous ont interdit l'accès à la maison. C'en était fini des étés sur la côte.

# Chapitre 8

À la rentrée, j'ai rencontré Cléo. Elle avait perdu son père juste un an avant. En parlant avec elle, j'avais le sentiment d'être à la fois une alliée et un imposteur. Je me sentais loin d'elle car mon père n'était fait que des bribes de quelques souvenirs. Il appartenait à un autre monde. Je jugeais la souffrance de Cléo plus vive que la mienne et, dans le même temps, je lui donnais des conseils.

Avant de la rencontrer, je percevais le deuil comme une période à durée limitée, qui s'atténue chaque année un peu plus. Mais au fur et à mesure de nos conversations, je me suis rendu compte que j'en étais presque au même point d'évolution qu'elle. Cléo avait tenté d'en finir avec la mort de son père le plus vite possible et passé une année entière à ne pas vouloir y penser. Nous nous sommes réveillées en même temps.

J'aimais l'écouter décrire son lien à son père, ses histoires avec lui, puisque moi je n'avais que l'absence. C'était comme si j'avais eu la même maladie qu'une autre personne, que j'avais tout oublié depuis, mais que mon corps, lui, s'en souvenait. En plus, Cléo me ressemblait, et nos pères également. Soudain je revivais tout avec elle et par elle, onze ans plus tard. Avec elle, je commençais enfin à retirer la terre que j'avais amassée au-dessus de la source de mes pleurs. Je voulais retrouver l'origine, le noyau, et pouvoir pleurer comme elle.

À cette époque de ma vie, je ne tissais des liens qu'avec des personnes qui avaient perdu un de leurs parents. Un ami avait perdu son père à sa naissance. Son caractère était défini et déterminé par ce choc initial. Malgré ses dénégations, je voyais combien son père lui manquait, et j'ai compris que quelqu'un que l'on n'avait pas connu pouvait manquer. J'ai compris que ma souffrance n'était pas moindre, que c'était une souffrance de déracinée.

Les personnes qui ont perdu un de leurs parents à un âge où l'on a des souvenirs savent ce qui leur manque, sinon on le découvre, c'est un manque qui se construit. Puisqu'on n'a pas ou peu vécu avec ce parent disparu, on n'a pas pu créer des habitudes avec lui, on ne parvient pas à identifier les moments où sa présence fait défaut, puis un jour on se retrouve face à un trou, à un puits sans fond, à l'immense vide en nous, et l'on comprend alors seulement que les troubles que l'on ressent, qui n'avaient pas de raison à première vue, étaient liés à une situation de manque. On se tient face à soi-même, mais il manque un bout, on se débat pour le trouver, on retourne tout, mais il a bel et bien disparu. Je ne savais pas ce qui, dans le comportement de mon père, m'avait influencée, inspirée ou même angoissée. Je ne le connaissais plus, mon père. Si l'on m'avait parlé de lui quelques mois après sa mort, j'aurais pu l'évoquer, dire ce qu'il disait et comment, mais maintenant je l'avais perdu.

Le père de Cléo avait eu des problèmes d'alcool. Quand elle me l'a confié, j'ai répondu instinctivement que le mien aussi. Tout de suite après, ma réponse m'a intriguée : comment avais-je pu affirmer une telle chose et de surcroît avec autant de naturel ? J'avais un vague souvenir d'un rapport de mon père avec l'alcool, mais je me suis sentie coupable pendant des semaines d'avoir menti à mon amie, d'avoir exagéré la vérité pour m'attribuer des souffrances que je n'avais pas véritablement vécues. J'avais l'impression d'avoir noirci l'histoire pour la rendre plus mystérieuse, plus romanesque, ou pour faire croire que nous avions la même. Comme ça, nous pouvions imaginer toutes les deux nos pères au bar du paradis.

# Chapitre 9

Quelques semaines avant mes dix-huit ans, au cours d'un dîner, je racontais pour la centième fois l'histoire de la rencontre de mes parents à table chez une amie : « Ma mère a vu mon père pour la première fois à son mariage ! Mon père s'est marié une première fois, ma mère avait été invitée parce que son frère était un ami de la mariée, et c'est là qu'ils se sont rencontrés. Ils sont ensuite devenus amis, ils se voyaient de temps à autre, puis un jour ma mère a croisé mon père dans Paris, il lui a dit qu'il venait de divorcer, qu'il était très triste, et elle lui a proposé de venir passer quelques jours dans une maison qu'elle louait pour les vacances. C'était l'été de ses trente ans, son copain de l'époque ne pouvait pas venir. Mon père a accepté. Il s'occupait de tout, il était charmant, sympathique avec tout le monde, et ils sont tombés amoureux. » Soudain, une femme assez dure m'a interrompue d'une voix très brutale et m'a dit :

« Il fait quoi, ton père ?

— Historien de l'art.

— De quelle période ?

— De la Renaissance. »

Je commençais déjà à hésiter.

« Laquelle ? a-t-elle demandé d'un ton toujours aussi brutal.

— L'italienne.

— Oui, je me doute, mais plus précisément ? a-t-elle insisté, condescendante.

— Bah, celle que l'on connaît, quoi, ai-je dit en riant, désarmée.

— Mais encore ? »

Elle paraissait exaspérée.

« Eh bien, le Quattrocento, ai-je dit en essayant de me remémorer mes cours de seconde tout en feignant une grande assurance.

— Oui, mais de qui ? sur quoi ? Tous les chercheurs ont un sujet précis ! » a-t-elle poursuivi, toujours plus pressante.

J'étais prise de panique, j'en venais même à douter que mon père avait bien été un jour historien de l'art. Pour m'en sortir et parce que j'étais au bord des larmes, j'ai lancé avec énervement :

« Mais je ne sais pas, moi, il est mort quand j'avais six ans ! »

La femme n'a plus osé me parler. L'amie qui m'avait invitée me faisait des petits signes de tête de l'autre côté de la table pour s'assurer que tout allait bien. Cette discussion m'avait profondément troublée. J'avais dit « Renaissance » car je savais vaguement que mon père avait étudié cette période, mais tout le reste je l'avais inventé, je ne savais rien de précis. J'étais face à une figure éloignée, inaccessible, celle d'un dieu. J'avais la même sensation que lorsqu'on s'empêtre dans un grand mensonge, comme si je prétendais à tort être la fille de mon père, comme si je brodais pour qu'on me croie et que, du même coup, on croie à mon deuil.

En rentrant chez moi ce soir-là, je repassais les quelques scènes que j'avais en mémoire pour identifier mon premier souvenir avec lui, mais je ne retrouvais que des choses que j'avais entendues, qu'on m'avait racontées, je ne revoyais que les photos, les vidéos. Soudain ces anecdotes me sont apparues incomplètes, édulcorées, sans vérité. J'avais l'impression d'avoir été dans l'intimité d'une mascarade. Tous ceux qui m'avaient dit « je connaissais très bien ton père » ne m'en avaient jamais véritablement parlé. Quand on a perdu un de ses parents, on est prêt à écouter quiconque pourra nous donner de lui un détail, une image, une phrase. Mais beaucoup évitaient le sujet, ne comprenant pas qu'une information aussi banale que « ton père adorait les chips au paprika » m'aurait enchantée. Ils s'en remettaient sûrement à ma mère pour qu'elle me parle de lui. Elle m'avait transmis le maximum, mais c'était aussi un sujet très douloureux pour elle, elle ne voulait pas se replonger dans la vie de mon père. Elle s'en tenait à quelques histoires mythiques, et quand, au cours d'une discussion, un souvenir lui venait, elle l'évoquait, mais cela arrivait de moins en moins souvent. C'était difficile d'aller plus loin que l'anecdote, et c'était dur pour moi d'exprimer ma souffrance, de dire qu'il me manquait, car nous nous soutenions les unes les autres pour ne pas flancher. Je ne voulais pas obliger les autres à m'en livrer plus, à affronter le souvenir trop présent de sa mort. Mais ce soir-là, j'avais juste envie d'être la fille de mon père, tout simplement, une fille normale, comme les autres, dont le père a des contours définis. J'avais envie de retrouver chacun de ceux qui l'avaient connu, aperçu, et de les vider de lui, chacun à son tour. Pourquoi étaient-ils, eux, pleins de la personnalité de mon père, qu'ils avaient seulement côtoyé, et moi si vide, alors que son propre sang coulait dans mes veines ? J'avais envie de me les tailler, pour que ce sang d'Italien se répande sur le sol et que je puisse l'examiner et y discerner une miette de vérité, de factuel, du présent surtout.

Arrivée à la maison, j'ai rejoint ma mère dans la cuisine, mais, ignorant le bouleversement dans lequel j'étais, elle a continué à répondre, de manière très vague, à mes questions. Et tout ça me donnait le mal de mer.

# CHAPITRE 10

À la suite de ce dîner, j'ai décidé de retrouver des preuves de la vie de mon père, en entraînant Molly dans ma quête. Ses affaires avaient toutes été entreposées chez Coralie, une des demi-sœurs de ma mère, près de Clermont-Ferrand. Il nous arrivait toujours des problèmes en chemin quand on allait chez elle, ce qui me confortait dans l'idée que la vie nous disait de nous éloigner de cette femme effrayante. Cette fois-ci, un vieil ivrogne nous a adressé la parole alors qu'on achetait des Mars glacés à la station-service (les Mars glacés étaient le carburant de Molly, une partie de ses organes avait besoin d'être recollée avec du caramel à intervalles réguliers). Le vieux lui a lancé : « Eh oh, c'est pas bon pour ton joli petit cul, ça ! C'est dans ton cul qu'on aimerait aller en chercher, du chocolat et de la glace à la vanille ! » J'étais happée par la couleur pourpre-bordeaux de sa peau qui semblait dure comme du cuir. Je ne suis sortie de ma contemplation qu'au moment où j'ai vu la frêle Molly sauter à la gorge de l'ivrogne pour le plaquer contre la vitre du magasin. Ses mains toutes fines étaient couvertes de grosses bagues, ça avait l'air de faire mal au type. On aurait dit une Totally Spies dont les bagues se transforment en machine de guerre. Elle était là avec ses immenses cheveux rouges ramenés en arrière, ils étaient vraiment rouges quand elle était énervée ! Elle le tenait maintenant d'une main, fermement, et lui assénait une diatribe féministe contre sa manière d'apostropher les femmes pour leur balancer des cochonneries. Le type pleurnichait comme un petit garçon face à sa maman, c'était génial. Puis Molly l'a lâché, elle a payé ses Mars, et on a repris la route.

Si je détestais Coralie, c'était parce que quand nous étions plus petites, elle additionnait les âges de tous les enfants présents chez elle pour nous persuader que nous étions plus vieux et que nous avions par conséquent plus de tâches à effectuer dans la maison. « Vous avez trente-quatre ans ! » nous disait-elle, alors que nous avions respectivement onze, huit, cinq et dix ans. J'y croyais tellement que je m'étais sentie mal pendant toute mon enfance d'être aussi immature et aussi faible pour mon grand âge.

Molly était la seule qui aimait cette demi-tante, cette demi-teinte, cette « ta ». Elle l'aimait depuis qu'elle avait découvert que Coralie écrivait son journal intime dans les livres de cuisine, entre les lignes. Celle-ci lui avait expliqué qu'elle aimait ses livres de cuisine, qu'elle se sentait bien avec eux et qu'au moins, elle était sûre que son mari ne viendrait jamais y mettre le nez. Elle était toute la journée fourrée dans ses recettes et personne n'avait donc deviné qu'elle cuisinait à l'aveugle depuis plus de dix ans, même si, honnêtement, on aurait pu s'en douter. D'après Molly, ces livres-journaux étaient des objets merveilleux, car Coralie y agençait les aliments, les couleurs et les mots. Le poireau était relié à la mélancolie, la poire au passé, à la nostalgie, la pomme de terre à l'hygiène, le citron vert aux idées. Sa cuisine sentait toujours le fromage, un fromage qui aurait été oublié devant une bouche d'aération ou sur un radiateur, qui aurait fait des bulles et fondu jusqu'à se glisser dans chaque fente des murs. Dès que j'entrais dans cette pièce, j'entendais dans ma tête la phrase d'Erika, qui répétait celle de l'*Ulysse* de Joyce : « Qu'est-ce que le fromage ? Un cadavre de lait. » Cette cuisine était une vraie morgue pourrie.

Toujours est-il que c'était chez elle, dans sa grange, que les affaires de mon père dormaient depuis bientôt douze ans.

Lorsque j'ai ouvert la porte, des centaines de malles et de cartons sont apparues, entassées et prêtes à s'écrouler sur Molly et moi, « mortes, écrasées par le poids du deuil ». Je ne m'attendais pas du tout à cela, et la seule chose à laquelle je pensais, c'était aux rats qui devaient se cacher là-dedans et qui s'apprêtaient à nous sauter dessus. Je rêvais souvent que je me faisais mordre partout par des rats, ou grignoter.

Molly a considéré la masse de malles et de cartons, puis elle a grimpé dessus et, juchée au sommet de la tour des affaires d'un mort – dernières preuves de la vie de notre père –, elle a commencé à les exhumer. Tout avait été conservé tel quel, les crayons dans leurs pots, les mouchoirs avec lesquels il essuyait l'encre qui bavait de ses stylos à plume, ses carnets, les dessins et collages que mes sœurs et moi lui avions faits. On aurait dit une œuvre d'art contemporaine – *Pause dans la vie quotidienne d'un dandy*.

Au fond d'un carton, il y avait des carnets plus petits et plus fins que les autres, c'étaient ses agendas. Ils étaient sacrés pour lui, il y notait tout, comme dans un journal – ma mère avait la même habitude. Ils étaient si précieux pour lui qu'il nous demandait de les lui apporter en mettant une main au-dessus, l'autre en dessous. J'en ai ouvert un et j'ai été immédiatement frappée par son écriture qui avait tellement marqué mon enfance. Il écrivait à l'encre rouge, verte, bleue ou noire avec un stylo à plume de la même couleur, légèrement transparent. J'ai reconnu les tracés de cette plume biseautée dont il se servait pour reproduire des caractères de manuscrits médiévaux. J'ai tourné les pages. Des déjeuners, des rendez-vous, des numéros, des adresses et des centaines de noms ont défilé sous mes yeux. J'avais mon père là, éclaté en un million de détails. C'était comme regarder le corps d'un géant dans le noir avec cette petite lampe que les docteurs utilisent pour inspecter le fond des oreilles. Ces agendas étaient comme une carte au trésor, un répertoire pour retrouver ceux qu'il avait connus et les endroits qu'il aimait.

Certaines malles étaient verrouillées avec un cadenas à code, une impénétrable énigme posée par mon père, douze ans auparavant. Résignée, j'ai pris un gros marteau qui traînait là (Coralie le réservait sûrement pour le meurtre de son mari) et j'ai donné un coup sec et droit sur le cadenas d'une des malles. Il n'a pas bougé d'un iota. J'ai réessayé, sans plus de succès. À force de taper, je commençais à avoir mal aux bras, et au cœur aussi ; je cherchais à défoncer le verrou qui protégeait les secrets de mon père. Je me suis concentrée. S'il avait vécu plus longtemps, j'aurais connu quelques dates marquantes pour lui, quelques-uns de ses chiffres porte-bonheur.

Ces bagages avaient appartenu à mon père et j'avais l'impression d'avoir volé ceux d'une star hollywoodienne que je ne connaissais pas.

Soudain un numéro m'est venu à l'esprit : 1219. J'ai tourné les petites roues métalliques pour inscrire ces quatre chiffres et le cadenas s'est ouvert avec souplesse. Molly et moi avons explosé de rire, tout en nous regardant, stupéfaites. Je restais là, dans un état d'extase, j'entendais le soupir sourd et régulier des machines agricoles qui épandaient des engrais dans la plaine. Ce bruit lointain était un écho rassurant – comme un silence plein, un battement de fond qui aurait pu passer pour du « non-bruit » tant il était régulier. Je ne savais pas ce qui était arrivé. Était-ce lui qui avait fait apparaître ce numéro dans ma tête ? Ma mémoire avait-elle fait remonter à la surface des chiffres que je l'avais vu composer ?

La grange était située face à un champ de fleurs bleu clair au-dessus desquelles flottait un voile flou, la poudre des fleurs qui troublait l'air. Je me suis souvenue d'un conte danois que Cléo m'avait lu et je n'aurais pas été étonnée de voir surgir là des petits trolls avec des lunettes (pour voir net dans le flou du champ). Cette poudre bleue provoquait des poussées d'urticaire foudroyantes. Enfant, j'adorais m'y exposer, pour une fois que la nature provoquait quelque chose en moi. Au moins, ici, le paysage me grattait, m'étouffait, pas une seule partie de moi n'était épargnée. Alors ce jour-là, après avoir tout fouillé de fond en comble, recouverte de la poussière accumulée qui représentait le temps me séparant de mon père, je me suis élancée une nouvelle fois dans ce champ. Parfois, il est des douleurs qui sont agréables parce qu'elles nous rappellent des moments passés. La douleur du champ était libératrice. Je savais pertinemment que personne ne me suivrait. Je courais là, seule, à dix-sept ans, de plus en plus vite, je retrouvais la sensation des fleurs apparemment si légères sur la peau mais qui viennent l'attaquer doucement, la brûler. Mes mollets s'offraient entièrement à l'assaillant, comme à un vieil ennemi retrouvé. Le champ était tellement dense que c'était un véritable effort de courir à travers. Mon cœur menaçait de me lâcher, mes pieds se coinçaient dans les fleurs jusqu'à faire tomber mon corps à terre. Je me suis rattrapée sur les avant-bras, j'avais des égratignures sur les paumes et les coudes, qui brûlaient autant que par le passé. J'avais envie d'attendre quelques secondes avant d'éclater en larmes, comme le font les enfants.

# CHAPITRE 11

Après les preuves, il s'agissait maintenant de partir sur les traces de mon père. De ne plus me contenter de son histoire, de retrouver des témoins, des amis, et de me consacrer à cette tâche. J'ai décidé de suivre l'ordre chronologique de sa vie, je suis donc d'abord allée là où il était né et avait grandi, à Rome.

J'ai convaincu mon amie Lola de partir avec moi. En arrivant en Italie, j'ai compris que j'étais une étrangère. Je parlais comme un moteur qui tressaute, je ne savais pas où aller, je devais mettre un GPS pour trouver le Forum, alors que mon père connaissait cette ville mieux que personne. J'enrageais. Arnoldo, un ami à lui à qui j'avais écrit, nous a invitées à dîner, le soir même. Lola et moi nous sommes retrouvées dans une soirée mondaine en haut d'un gratte-ciel, derrière une baie vitrée immense aux verres sombres, avec des personnes de quarante ans discutant de leurs dernières vacances à Ibiza et de leurs fêtes endiablées sur de la musique techno. C'était tout sauf *Vacances romaines* que j'attendais. Une femme m'a parlé en anglais longuement, elle vivait à Londres, elle était extravagante, elle a finalement compris que j'étais française et m'a dit qu'elle aussi avait grandi en France. Notre discussion approximative en anglais était donc absurde… Pourquoi n'était-elle pas passé au français plus tôt ? Elle voyait bien que je ne trouvais pas mes mots, que j'avais un accent à couper au couteau. Alors qu'en anglais son personnage et son vocabulaire m'amusaient, l'utilisation de ma langue maternelle la rendait banale et dérisoire, avec comme seul trait particulier une voix stridente difficile à supporter. Arnoldo a annoncé que le dîner était servi, il a placé Lola à un bout de la table, coincée entre deux dragueurs quadragénaires, et moi à côté de lui, à l'autre bout.

Je voyais dans ses yeux qu'il était heureux parce qu'il retrouvait mon père en moi, chose qui ne m'était presque jamais arrivée. Et moi, j'étais heureuse d'avoir renoué si vite dans mon enquête avec un de ses meilleurs amis. Au fil de la discussion, il a insinué que mon père sortait énormément à la fin de sa vie, qu'il dormait beaucoup la journée, perdait parfois le contrôle, que c'était souvent difficile pour ma mère. Je me suis rappelé quand il s'était installé dans un autre appartement ; j'avais alors pensé qu'il le faisait pour nous protéger et qu'il reviendrait quand il irait mieux. J'avais compris, malgré mon très jeune âge, qu'il se mettait en danger. Toutes les phrases prononcées par son ami étaient troubles, mystérieuses et souvent inachevées, et pourtant chacune me faisait clairement l'effet d'un coup de pioche dans la tête. Comme s'il n'avait rien à m'apprendre et que ses phrases confuses avaient pour unique objet d'épousseter des sensations que j'avais eues et qui avaient été ensevelies ensuite. Il me regardait étrangement, comme s'il était tout fier de posséder une information que je n'avais pas, comme s'il était sur le point de me raconter des ragots que j'ignorais, et que j'allais déguster. Il était tellement fier de lui qu'il ne s'apercevait même pas qu'il était en train de jouer le rôle principal dans un des plus grands moments de bascule de ma vie. Mes yeux étaient de plus en plus fiévreux. Alors que des images ressurgissaient et s'entrechoquaient dans ma tête, je l'ai interrompu et lui ai dit :

« C'est l'alcool, c'est ça ?

— Oui, ton père avait un problème d'alcool. »

Je ne l'avais donc pas inventé.

Puis il a ajouté : « Mais surtout de drogue. »

Quoi ?

« Ta mère va me détester !

— Quelle drogue ? » lui ai-je demandé, mais il a continué de marmonner, de parler de choses et d'autres...

« Quelle drogue ? ! »

Il ne répondait toujours pas. J'avais chaud, ma tête me faisait mal, la pièce tournait autour de moi et semblait vibrer, trop de salive emplissait ma bouche comme si j'allais m'évanouir ou vomir sur cette table où s'entassaient de minuscules assiettes avec des crevettes en robe de soirée .

« Tu sais, ils ont tous voulu m'éloigner de lui en disant que c'était ma faute, mais il se débrouillait très bien tout seul, ton père. Un jour, il a fait venir chez moi ce dealer, comment s'appelle-t-il, déjà ?... Diego ! Il a toqué à ma fenêtre, un homme très chic, tout petit, quelle rigolade ! C'était un mec assez intéressant, il voulait se faire de l'argent pour s'acheter une île. Il passait beaucoup de temps avec ton père. Ton père était fauché, mais je peux te dire que l'autre, en revanche, il était plein aux as. »

Autour de nous le dîner se poursuivait. Je retenais mes larmes le plus possible dans un effort surhumain. Cet effort était au moins aussi intense que celui de Lola essayant d'empêcher un des vieux fêtards d'Ibiza de lui sauter dessus.

C'était ça, le monde de mon père ? Des Diego ? Des cokés que je méprisais depuis la première fois que j'en avais croisé un, vers mes quatorze ans ? J'ai compris soudain que tout le monde était drogué à la table. J'ai vu mon père au milieu de ces bimbos refaites, de ces hommes provocateurs pour être séduisants, alors que je me l'étais figuré toute ma vie en costume, dans des châteaux anglais, la fontaine de Trevi à la limite. Il m'apparaissait comme un blaireau maintenant, et je pleurais de grosses larmes, sans que personne semble le remarquer. Ce monde de la jet-set me mettait terriblement mal à l'aise, et j'étais coincée dedans. Tout allait trop vite, mais ce monde-là, je le connaissais déjà.

Ne pouvant me retenir, j'ai demandé encore une fois :

« Mais quelle drogue ?

— L'héro. »

La pire. De toutes les drogues, c'était celle qui m'effrayait le plus, la plus inquiétante, celle qui me faisait fermer les yeux devant un film, celle qui me faisait dire : « Non ça, ce n'est pas pareil, c'est pire. » J'ai vu le liquide opaque et marron s'infiltrer dans les veines de mon père pour venir les boucher, je l'ai vu pourrir l'intérieur de son corps. J'aurais dû m'en douter, tous les héros ont leur héroïne.

Je ne sais pas pourquoi, ma première réaction a été de dire :

« Mais il lisait quand il était dans cet état-là ? »

Sauver, sauver à tout prix le bureau, la cire des lettres, la calligraphie médiévale, les livres, les peintures, l'intellectuel consacrant sa vie à la connaissance.

Arnoldo a repris, sans même me laisser le temps de fantasmer un peu sur ce personnage romanesque : « La drogue l'assommait complètement, il dormait toute la journée, il ne pouvait plus rien faire. Non, il ne pouvait plus penser à rien, il n'avait même pas la force de lire. Tu sais, avec l'héro, tu es complètement anesthésié. Tu ne ressens plus rien, même plus le flux de tes pensées. T'es comme mort. Mais c'était la seule chose qui l'aidait. »

Même s'il avait vécu, j'aurais eu un père mort. C'était peut-être véritablement ça, mon destin. Il n'y avait rien de plus horrible pour moi que l'héroïne : j'imaginais mon père blafard, mourant, vide, avec des cernes bleus, comme un gros bouquet de fleurs fanées et boursouflées. J'imaginais son visage creusé, son bras violet poinçonné au niveau du pli du coude, et ma tête me paraissait remplie de plomb brûlant. Ces scènes de mon père au lit, je les avais vécues pourtant, je déambulais dedans avec bien plus d'aisance qu'une simple étrangère. Ces images, je les avais désapprises par la suite. Le retour du passé par la voix d'Arnoldo venait de tout détruire alors que je pensais que je le couvais avec attention.

Les parfums des pétasses sentaient de plus en plus fort et j'étais asphyxiée par des odeurs d'ambre, de rose et de musc synthétiques. Les différents accents résonnaient violemment en moi. Même si je venais de me prendre une vague dans la tête, je continuais de faire l'effort de la discussion – nager, nager, nager parmi la fumée des desserts moléculaires, à l'azote liquide, qui avaient été posés sur la table et ravissaient tout le monde. Un homme a commencé à nous montrer des photos de lui avec un requin, sur un petit téléphone à clapet que n'avaient plus que les riches. Il nous disait avec une voix nasillarde qu'il était un homme qui n'avait peur de rien, d'absolument rien dans ce monde. Toute la tablée l'admirait parce qu'il était le plus riche. Moi, il m'insupportait, et comme je le regardais d'un air méprisant, je suis devenue l'objet de toute son attention. Sa petite queue de cheval grise accrochée à sa calvitie frétillait, il me répétait « *I'm the devil* », comme si j'étais une jeune étudiante que ça allait exciter, prête à rentrer avec lui pour voir jusqu'où il pouvait être mauvais. Quand je lui ai demandé de me lâcher, il l'a pris pour un jeu pervers. J'ai attendu l'heure correcte pour partir d'un dîner, seule dans mon coin, détruite.

Dans la rue, j'ai marché tout droit, sans parler à Lola, sans m'arrêter, sans même regarder en traversant, comme si, pendant quelques heures, on m'accordait une bulle de protection après ce que je venais d'apprendre, ou, au contraire, que j'acceptais maintenant, à tout moment, de me faire renverser. Ces scènes de drogue, j'avais l'impression de les vivre, l'image de mon père était tellement présente, j'avais envie de le frapper de toutes mes forces. C'était ça, le *rum and Coca-Cola*, de la fête et de l'alcool dilués dans les douces bulles d'enfance du Coca-Cola. Tout se mélangeait, je me revoyais chanter cette chanson en imitant la voix des années 1940 des joyeuses Andrews Sisters, je revoyais la pochette de ce disque où il était écrit *1944* et où tout criait le chaos sans que je le sache. Mon père était loin de celui que j'avais imaginé, mais je le sentais battre en moi, il me retournait l'estomac.

Je me suis rappelé qu'après sa mort nous écoutions sans cesse *Rehab* d'Amy Winehouse, son clip était diffusé en boucle sur MTV : « *They tried to make me go to Rehab/ But I said no, no, no.* »

En arrivant là où nous logions avec Lola, j'ai repensé à son bureau où s'entassaient des centaines d'œuvres d'art. Ces piles savantes n'étaient-elles en fait que du bordel ? Je me suis souvenue des matinées que je passais avec lui au lit à regarder des dessins animés, et j'ai compris que j'étais alors avec un homme en redescente. Un corps ravagé, une volonté amoindrie, un souffle malade qui me ronflait à la face. Un corps qui attendait que le liquide s'évapore – par où passait-il ? Par les pores ? Par quelles cellules ? Cette silhouette que j'avais vue toute mon enfance se lever en longue chemise de nuit reposait sur des jambes faibles. Moi non plus je n'avais pas beaucoup de force à l'époque, je n'avais pas l'énergie habituelle des enfants, ni l'envie de bouger, de sortir ou de m'amuser, je préférais rester au lit en déposant délicatement mes crottes de nez sur la tranche du matelas, comme une mini-Oblomov. C'est peut-être parce que je me restreignais, que je m'efforçais de donner à mon père une partie de ma force, de lui destiner une partie de ma vie ? Peut-être me mettais-je à son diapason parce qu'il était la moitié de moi, moitié de moi diminuée, ralentie par un liquide marron ? Son sang ne devait plus être très riche, c'est sans doute pour cela que Molly et moi étions si faibles, si fatiguées – Molly se cassait toujours quelque chose, et moi j'étais tout le temps malade. Je me suis revue fiévreuse, dans la grande salle de bains de notre appartement, regardant mon père ouvrir les capsules de Doliprane 1000 pour n'en prendre que la moitié et les transformer en Doliprane 500. Sa main séparait le côté jaune du côté rouge avec un geste d'habitué.

L'héro me terrorisait vraiment. Je n'en discernais même pas le côté rock star, uniquement le côté poubelle – celui dont on ne sort pas. Alors que je rêvais de rencontrer mon père, tout d'un coup il était devenu mon cauchemar. Pour la première fois, je faisais le constat que ce que je considérais comme la plus grande tragédie de ma vie m'avait peut-être sauvée en m'épargnant la présence d'un père drogué, amorphe, instable. Était-ce donc une chance, cette mort ? J'aurais peut-être été bien plus malheureuse avec un père à qui je n'aurais pu faire apprécier l'existence, qui se serait autodétruit jour après jour, qui nous aurait fait ressentir de l'instabilité. Ma vie était à l'envers.

Le lendemain, Arnoldo m'a appelée, il m'a demandé si j'allais bien. Il était désolé de tout m'avoir balancé comme ça, puis il a dit : « Tu sais, ils l'ont envoyé en *rehab*, mais ils l'ont fait sortir trop tôt, il en est mort, il aurait dû rester plus longtemps, trois semaines, c'est vraiment une blague. »

Mais laissez-moi tranquille ! J'en voulais à mon père d'avoir fait ça, à ses amis de ne pas l'en avoir empêché, et à ma famille de m'avoir gardée aussi longtemps dans l'innocence des enfants. Je voyais maintenant la fin de sa vie comme un long suicide. C'était plus facile de croire qu'il était mort naturellement, je pouvais me dire que c'était le destin, la vie qui l'avait voulu, Dieu qui l'avait rappelé. Je découvrais qu'à l'inverse de ce que j'avais cru, la mort n'était pas venue le frapper ; on l'avait vue arriver de loin. Mes souvenirs n'étaient que des bouts épars, à la surface des choses, de l'écume. J'observais à présent le mécanisme tortueux d'une stratégie familiale de l'oubli.

J'ai compris pourquoi avant même de savoir pour mon père et son rapport à la drogue, je faisais ce cauchemar récurrent où j'étais assise sur une chaise dans une salle vide et où je voyais toutes les personnes que j'aimais se tordre et convulser dans des souffrances atroces sans que je pusse faire un seul mouvement, prononcer une seule parole. J'avais entendu d'autres orphelins d'un parent raconter le même rêve. Nous avions tous en nous un sentiment de culpabilité, l'idée sous-jacente que s'il était mort, c'était peut-être à cause de nous, car nous ne l'avions pas sauvé, nous n'avions pas été assez bien pour lui.

Ma peur panique de l'abandon s'expliquait : mon père avait peu à peu lâché le gouvernail.

Ma mère en revanche avait tout fait pour me rassurer sur ce point, pour me montrer qu'elle ne s'en irait jamais. Je me souvenais d'une balade où j'étais sur un poney dont elle tenait la longe. Soudain, piqué par je ne sais quel insecte, l'animal s'était emballé et était parti au quadruple galop, ma mère n'avait pas lâché la longe, elle ne l'avait pas laissé filer. Sa main brûlée me prouvait que jamais, pour rien au monde, elle ne m'abandonnerait.

# Chapitre 12

Cette nuit-là, je suis retournée en rêve dans le cabinet de curiosités, dans les entrailles de mon père. Une radio cassée jouait *Sugar Town* de Nancy Sinatra. Cette chanson avait bercé mon adolescence. Je l'écoutais quand tout allait mal, elle disait : « Tu as des problèmes mais ça passera » ; elle me faisait aimer ma ville et le monde qui m'entourait en me racontant que tout n'était que du sucre. À présent, la drogue faisait intrusion dans chaque parcelle de mes refuges. Je comprenais enfin de quoi ce *sugar* était fait. Toute la chanson s'est désaccordée. Les monstres et les hybrides qui m'avaient amusée toute mon enfance sont devenus menaçants, répugnants, on voyait les cicatrices qui leur permettaient d'être à la fois un chat et une poule. Cette imagination n'était pas douce ni naturelle, elle était brutale, hideuse – la féerie était portée à son maximum de contraste, on distinguait chaque ficelle, ça en donnait la nausée. J'avais l'impression d'errer dans un relent persistant, un magma de bons éléments passés dans un système digestif malade. Je marchais et une boue molle corrodait mes bottes qui crépitaient à son contact. Les œufs d'autruche sertis d'or explosaient et des animaux déjà vieux et fripés surgissaient d'un placenta périmé. Tout ce que j'imaginais, petite, être le paradis était déformé, comme perçu à travers un immense œil-de-bœuf.

Le temple de mon père s'était effondré. Je me retrouvais, à dix-sept ans, dans un champ de ruines, et le seul à qui j'aurais pu reprocher tout ça, sur qui j'aurais pu passer ma colère, était mort depuis onze ans. Je me sentais coupable de le haïr autant alors qu'il n'était plus là. Tout ce qu'il me restait de lui était une immense plaine vide, où les maigres informations sur sa vie que j'avais récoltées avaient brûlé en une soirée.

L'unique personne à qui je pouvais poser des questions au quotidien, grâce à qui je pouvais recréer une relation avec mon père, et qui avait le monopole des anecdotes le concernant, c'était ma mère. Pourquoi ne m'avait-elle rien dit ? Même à la dernière minute, juste avant mon départ pour l'Italie. Elle pensait peut-être qu'avec un peu de chance tout cela serait passé sous silence ? Ça devait être trop douloureux pour elle de le révéler. Pour elle, il n'était probablement pas nécessaire que je le sache, ce n'était pas là-dessus qu'il fallait se concentrer. Pourtant j'avais besoin de connaître la vérité pour me construire.

Aurais-je dû rester à la ferme, à regarder mes récoltes et me contenter de ça ?

# Chapitre 13

J'ai quitté Rome, et comme les vacances de printemps venaient à peine de commencer et qu'elles avaient pris une tournure que je n'avais pas imaginée, j'ai demandé à Molly si je pouvais la rejoindre en Bretagne. J'ai décidé de lui raconter tout ce que je savais. Son visage était caché par ses cheveux. Elle ne disait rien, elle semblait très calme. Pourtant, à sa démarche alourdie, on se rendait compte de son énervement. Elle fixait ses godillots qui détruisaient la croûte de sable créée par la pluie et écrasaient le moindre coquillage. On ne voyait rien de loin à part une longue silhouette maussade, mais quand on se focalisait sur ses pieds, on percevait la violence immense de son attitude : aucun corps faible sur cette plage n'était épargné et le bruit de leur destruction faisait froid dans le dos. C'était sa manière de vivre sa colère. En arrivant à la maison, elle s'est mise directement devant un épisode de *L'Incroyable Famille Kardashian*. Quand elle était triste ou angoissée, elle s'abrutissait devant la télé, c'était sa recette du bonheur depuis qu'elle était toute petite. Et quand elle en avait marre de la regarder, ça voulait dire que son esprit était passé à autre chose et qu'elle allait bien. Elle reprenait alors sa vie comme si de rien n'était. Elle n'était jamais excessivement joyeuse, mais toujours calme, apaisée, attentive. Elle avait l'habitude de dire que *L'Incroyable Famille Kardashian*, c'était l'*Ulysse* de Joyce des temps modernes. Elle répétait : « Si on n'aime pas *L'Incroyable Famille Kardashian*, alors la vie ne mérite pas d'être vécue aujourd'hui. » Elle pesait ses mots, *Ulysse*, elle l'avait lu en entier à treize ans. Depuis, elle considérait que son prénom, Molly, lui laissait la liberté de faire des choses incompréhensibles. Ça avait changé sa vie. Elle la vivait désormais de façon poétique et non plus raisonnable.

Le plus fou dans toute cette histoire, c'est que depuis quelques années, je m'intéressais à la drogue. Ça avait commencé par un intérêt pour la French Connection, les laboratoires clandestins et les DS qui traversaient l'Atlantique en cargo, alourdies par les kilos de coke cachés dans tous les recoins possibles, puis cet intérêt s'était étendu à toutes sortes de cartels et de mafias, notamment celle du sud de l'Italie. Après avoir compris que la coke et la drogue étaient absolument partout, dans les fêtes, dans les toilettes, dans la politique, dans la caissière du supermarché, je m'étais intéressée aux drogués, j'avais lu Bret Easton Ellis, fermé les yeux devant *Panique à Needle Parc*. Ensuite, j'avais cherché à comprendre exactement comment les molécules de la drogue agissaient sur les cellules du corps humain.

Je répétais haut et fort : « Je ne comprends vraiment pas pourquoi ce sujet me fascine autant. » Ce à quoi ma famille me répondait par des signes de tête silencieux, l'air de dire « je n'en ai absolument aucune idée ». J'étais même allée jusqu'à choisir comme sujet de TPE au lycée : « Le drogué comme figure de la condition humaine », sans que personne, encore une fois, évoque devant moi le cas de mon père.

J'en voulais également à Rosalie de ne pas m'en avoir parlé. Elle était forcément au courant. La blessure de la mort de mon père ne pouvait pas s'apaiser tant que je ne connaissais pas ce détail crucial. Nous ne pleurions pas la même personne, elle et moi. Je n'aurais pas forcément voulu qu'elle me dise pour l'héroïne, mais qu'elle me fasse comprendre que notre père n'était pas seulement le saint que j'imaginais. C'était dur d'être la fille d'un héroïnomane, mais ça l'était tout autant d'être la fille d'un héros tout court, d'un homme parfait.

À présent, je ne priais plus, je ne demandais plus rien à mon père. Je n'avais plus envie qu'il apparaisse le jour de mon anniversaire.

# Chapitre 14

J'avais toujours été un peu malade, une série de maladies pas graves mais toujours mystérieuses. Après mon voyage en Italie, j'étais dans un état de souffrance constant. Mes règles étaient affreusement douloureuses et j'ai décidé de consulter un ostéopathe, ce que je n'avais encore jamais fait. Mes règles s'écoulaient indéfiniment comme si mon sang ne coagulait pas, elles étendaient leur territoire sur mes culottes, mes mains, mes robes, mes jeans, mes cuisses, mes draps, le lavabo, le sol, par terre, par terre. Elles me faisaient tomber dans les pommes, suffoquer, me tordre, transpirer, vomir. Mon corps en était arrivé à un état d'épuisement qui n'était plus supportable. J'avais déjà consulté de grands spécialistes, j'étais passée dans tous les tubes, et tous les tubes étaient passés en moi. On me disait toujours avec un grand sourire que je n'avais rien et on était toujours surpris que je fasse la gueule. Mais lorsqu'on a mal et que l'on s'entend dire que l'on n'a rien, ce n'est pas une bonne nouvelle, parce que, en plus de souffrir, on ne sait pas de quoi on souffre.

Je me suis donc retrouvée chez cet ostéopathe qui, en appuyant sur mes ovaires, est parvenu à me débloquer le haut du dos, qui me faisait mal aussi, mais dont je n'avais pas fait mention. Tout en continuant de me palper le ventre, il m'a demandé :

« Et vous n'avez pas mal à la mâchoire ?

— Si, elle me fait très mal, de temps en temps elle se bloque, elle craque, j'ai l'impression qu'elle s'effrite.

— Vous faites des malaises vagaux ?

— Oui, presque tous les jours.

— Vous avez des nausées ?

— C'est comme si j'étais toujours à la limite d'en avoir. »

Il m'a demandé alors en baissant la voix : « Avez-vous été victime de violences ? »

Chaque fois que je voyais un médecin, il me demandait si j'avais fait une grosse chute sur le dos, petite, qui m'aurait coupé la respiration quelques secondes, si j'avais fait du saut à l'élastique, si j'avais eu un accident de voiture grave.

J'ai répondu « non ! » d'un ton ferme.

« Le choc peut être psychologique », a affirmé l'ostéopathe.

J'ai continué sur ma lancée : « J'ai eu une enfance préservée et calme. »

En effet, j'avais surmonté la mort de mon père, je n'avais pas vécu la pire histoire, ma famille était heureuse, je n'avais pas à me plaindre. Par acquit de conscience, j'ai ajouté : « J'ai perdu mon père quand j'étais petite, mais bon, je ne pense pas que ça ait quelque chose à voir.

— Mademoiselle, c'est évident, je le sais depuis que je vous ai vue entrer, vous souffrez de stress post-traumatique. Tout votre corps est en état de stress, ça se voit à votre tonicité, à votre façon de parler, de marcher, votre axe hypothalamo-hypophyso-surrénalien est complètement désaxé. Tous vos tissus sont collés, le fonctionnement de vos organes est source de douleurs, tout est pour eux comme soulever une montagne, même l'action de digérer est pénible (c'était vrai). Vos tissus sont tellement serrés que dès que vous leur demandez un effort, ça tire trop et votre corps se met à l'arrêt en provoquant un malaise. Il crée un *shutdown*, il est à bout. »

Cela expliquait aussi les fortes douleurs ressenties pendant les rapports sexuels. Bien qu'absent, mon père italien avait réussi à m'empêcher de coucher avec des mecs.

« Si je vous posais la question maintenant, vous me répondriez que vous n'êtes pas stressée. En fait, c'est parce que vous ne le sentez plus, votre corps est en état de stress permanent, il marche comme ça, il est habitué. Toutes les douleurs dont vous vous plaignez ne sont que les séquelles ou les symptômes de cette tension avec laquelle il vit. »

Je n'étais pas en miettes, j'étais juste une grosse baguette de pain rassie, toute dure. L'ostéopathe m'a tendu un miroir : « Tirez la langue. Vous voyez les sortes de vaguelettes sur le côté ? »

Je les remarquais pour la première fois.

« C'est dû à la pression permanente de vos dents sur votre langue. Ça ne m'étonne pas que vous ayez mal à la mâchoire, vous serrez les dents constamment comme si vous étiez sans cesse dans une situation de grande tension, au bord d'un précipice », m'a-t-il expliqué.

Tandis qu'il continuait de me masser les ovaires, je ne parlais plus et je pleurais.

« Vous pleurez parce que je vous fais mal ?

— Oui », ai-je soufflé faiblement.

Il a arrêté de masser, mais j'ai continué de pleurer.

# Chapitre 15

Depuis mes six ans, j'ai eu le sentiment d'être une imposture, de faire la *figlia dolorosa*, alors que j'allais bien. J'avais l'impression de me plaindre, comme une enfant gâtée, de ne pas avoir de père alors que j'avais un beau-père, que je n'avais pas véritablement connu mon père et que, par conséquent, il ne pouvait pas vraiment me manquer. En fait, je voulais en avoir un juste pour être comme les autres.

Un soir, je suis allée voir le filage d'une pièce de théâtre, une adaptation des *Vagues* de Virginia Woolf. À la fin, l'un des acteurs s'est approché du bord de la scène – nous étions deux dans la salle – et a fait un long monologue sur la douleur de l'absence. Mon visage était trempé de larmes. Je ne pleurais pas parce que je me retrouvais dans ce qu'il disait, mais parce que ses mots me bousculaient – comme si ma douleur se révélait par la réaction de mon corps, et non pas de mon cerveau. Je me répétais, Mais Anna, arrête, tu ne souffres pas autant que ça ; mais mon corps ne pouvait stopper ces larmes. Aujourd'hui, sur la table violacée de l'ostéopathe, je me suis rendu compte du traumatisme que j'avais vécu. Il n'était pas loin, ce choc, il ne se situait pas il y a onze ans, il était là, renouvelé à chaque seconde de ma vie. Un deuil, ce n'est pas uniquement du manque, ce n'est pas seulement cérébral. Sur moi, il avait eu l'effet d'un accident de voiture. Mais personne ne m'avait proposé de rééducation. Onze ans passés avec un corps dissonant à faire des radios, des échographies, des IRM, à tomber, à me relever, « Tu n'as rien », « Tu es hypocondriaque », « Ah, Anna a un nouveau médecin ! », « Attention vomito ! ». Les gens voyaient le deuil comme un instant T très douloureux, mais qui s'estompe avec le temps, alors qu'il s'immisce dans toutes les parties de notre être comme ces insectes qui pondent sous la peau. On n'oserait pas dire à un malade qui n'est pas sorti d'affaire : « Le moment où a commencé ta maladie est tellement loin ! » Mais on ose le dire à quelqu'un qui a perdu un proche : il y a une date limite. Au bout d'un certain temps, il n'est plus acceptable de lier les problèmes de sa vie à une mort. On pense communément que le deuil pâlit peu à peu – il va étouffer et on pourra retrouver une vie normale. En vérité, les endeuillés sont insupportables pour les autres. On les supplie d'en finir, on les oblige à aller trop vite en besogne pour qu'ils n'affichent pas une seconde de plus la mort sur leur visage. « Ah tu vas mieux, non ? » « Dis-moi que tu vas mieux ! » « Ça va aller tu verras. » Alors on enfouit sa douleur et on poursuit sa route.

En parlant à mes proches de ce dont l'ostéopathe m'avait fait prendre conscience, j'ai remarqué que tous trouvaient ça passionnant. Mais moi, ce que je voulais leur faire comprendre, c'est qu'à la mort de mon père j'avais signé le décret de l'abandon de mon corps. J'avais commencé la destruction de ma vitalité à tout juste six ans.

Pour assimiler toutes les révélations qui m'avaient été faites ces derniers temps, j'ai décidé d'aller consulter un psychanalyste. Je ne l'avais jamais fait alors que c'est un peu un passage obligé pour un enfant dans une famille bourgeoise. En réalité, j'avais vu la psychologue de l'école, mais elle avait oublié notre second rendez-vous et m'avait laissée seule à attendre sur le palier, ce qui, pour une enfant terrifiée par l'abandon, était un sacré acte manqué. Alors je n'y étais jamais retournée.

La première psy (de ma deuxième tentative) était très bien, si ce n'est qu'elle trouvait suffisant que l'on se voie seulement une fois par semaine.

J'avais besoin de plus, je devais vider mon sac. Mais elle n'avait pas le temps. J'en ai donc consulté une autre. À ma grande surprise, quand elle a ouvert la porte : c'était la même. J'étais prise sur le fait, en pleine tromperie. Elles se ressemblaient comme deux gouttes d'eau et portaient les mêmes lunettes carrées qui leur couvraient la moitié du visage (leur seul et unique visage, qu'elles partageaient). Cependant, l'une était acerbe et l'autre maternelle ; l'une me recevait chez elle, l'autre dans un cabinet au fond d'une cour, dans lequel il n'y avait même pas de toilettes ; l'une ne riait jamais à mes blagues, l'autre si. Bien qu'elle m'ait causé une sensation d'horreur au début, cette ressemblance m'arrangeait. Au moins ça créait une continuité et je n'avais plus peur de devenir schizophrène en voyant deux psys. La seule difficulté était de me rappeler ce que j'avais dit à l'une et à l'autre. C'était une expérience passionnante : un seul problème pouvait mener à deux chemins complètement différent en fonction du jour et de l'heure. Qui n'a jamais rêvé de revivre une conversation et de la tourner autrement, de l'orienter d'une autre manière ? C'était un vrai travail de conteur, et ma vie se résumait maintenant à écumer les diverses possibilités à partir d'une même situation, à rejouer les mêmes scènes en boucle en les modifiant à ma guise. Si j'avais consulté une psy de plus, j'aurais fini par faire secrètement leur psychanalyse à chacune en comparant leurs observations respectives : une « étude des considérations courtes et évasives ».

Je bénéficiais également d'analyses sauvages, car certaines de mes amies s'engageaient dans des études de psychologie. J'étais une machine à lapsus, mon inconscient tournait à plein régime. J'ai dit à l'une d'elles « mon enterrement » au lieu de « l'enterrement de mon père », et j'ai eu l'impression de lui faire un cadeau de Noël : tout ce qu'elle avait lu dans ses livres était là. Un véritable cas pratique.

# Chapitre 16

Un soir, Rosalie est venue dîner à la maison. Au cours du repas, j'ai raconté mes aventures médicales et psychologiques, et le bouleversement qu'avait provoqué en moi la mort de notre père. J'ai dit en blaguant que mon entourage devait en avoir marre que je parle de mon père et de mon deuil tout le temps. Ma mère a ri un peu, mais n'a pas plus réagi ; dès que ça touchait à l'histoire de mon père, elle essayait de ne pas trop s'en mêler. J'ai vu les sourcils de Rosalie se froncer légèrement, puis elle a souri.

Après le dîner, je suis retournée dans ma chambre. Rosalie m'a suivie, s'est assise sur mon lit et m'a dit :

« En fait, j'ai l'impression que je ne sais rien de ton chagrin, que tout le monde le connaît mieux que moi, que je suis passée à côté alors que j'aurais pu être ta première interlocutrice.

— Mais c'est toi qui n'es jamais venue vers moi, lui ai-je répondu, avant de lui dire que j'avais appris que notre père était héroïnomane.

— Je ne voulais pas t'infliger ça, c'était inutile de te faire partager les maux de notre père alors qu'il était mort et que c'était déjà assez dur comme ça pour toi. Tu avais échappé à ses démons. Tu avais perdu ton père, tu souffrais déjà tellement, je n'allais pas te condamner à une double peine. Et puis, tu sais, même pour moi, tout cela n'était pas très clair.

— Tu m'as laissée dans le fantasme, le flou. Comment voulais-tu que je m'en sorte ?

— Tu t'en es peut-être mieux sortie ainsi que si tu avais connu ses mauvais côtés.

— Mais arrête, Rosalie, arrête de décider pour moi, de filtrer la réalité, de me protéger. Moi, ce que je voulais, c'était connaître mon père. J'aurais fait en sorte de ne retenir que ses bons côtés. Au fond je m'en foutais pas mal qu'il soit parfait, qu'il soit un héros. Ce que je voulais, c'était savoir qui il était, c'est tout. Me construire sur quelque chose d'entier, pas sur une fiction floue, aux contours troubles. Bien sûr, papa, ce n'était pas que la drogue, mais c'est une donnée qui créait du sens et que je n'avais pas. Maintenant je sais qu'il avait des côtés obscurs, mais je sais aussi que c'était un père aimant. Je suis contente de connaître la vérité.

Mais je me la suis prise en pleine figure et ça m'a séparée de toi. »

Dans un premier temps, j'en avais voulu à Rosalie mais c'était fini, je n'avais plus d'animosité contre elle. C'était dur d'apprendre la vérité, c'était dur aussi de la connaître, et Rosalie s'était retrouvée seule face à elle. Ce deuil dont on croyait qu'il nous avait rapprochées nous avait enfermées, en réalité, dans deux bulles étanches, ni pensées ni larmes ne passaient de l'une à l'autre. Rosalie était là quand notre mère avait appris la mort de notre père. Elle était déjà adulte. Je me demandais à quel point le fait de l'avoir su trois jours après avait été déterminant.

À présent, j'avais besoin de connaître mieux mon père absent afin de clarifier mon véritable lien avec les personnes proches qui restaient : ma mère, Molly, Rosalie. Je n'avais jamais eu cette discussion-là avec ma mère, je lui avais posé des questions mais elle n'y avait jamais répondu. Je savais depuis le début qu'elle n'aimait se concentrer que sur les aspects positifs de la vie. Et dans un sens je l'acceptais. Il aurait été absurde qu'elle vienne me voir comme ça, un jour, alors que nous n'avions jamais de vraies conversations sur mon père, et qu'elle me dise : « Il était héroïnomane. » Ce côté important de lui était un détail dans le récit qu'elle voulait me donner de sa vie. Et comme la plaie de sa mort ne se refermait pas, le moment de me parler de cet aspect-là de mon père ne venait jamais. Pourtant, paradoxalement, j'avais besoin de savoir pour que ma blessure se referme.

Le lendemain, à l'aube, ma mère est entrée dans ma chambre et m'a dit : « Anna, regarde ! » en me tendant un sachet de mozzarella. J'ai pensé : elle a dû recevoir la meilleure mozzarella du monde ! Elle s'est approchée et j'ai vu que le sac en plastique contenait une petite pousse. Depuis que j'étais petite, elle déposait les noyaux d'avocat au-dessus de petits bocaux remplis d'eau, mais rien ne se passait. Et enfin, cette fois-ci, elle avait réussi. Elle avait une voix enjouée et les larmes aux yeux. Elle a ajouté, en regardant sa pousse frêle et en embrassant une par une les trois feuilles qui la composaient : « Tu vois, pour les avocats aussi, c'est difficile », et cette phrase m'a montré toute la force qu'elle avait. Elle s'identifiait à un petit plant d'avocat qui se bat pour survivre et s'épanouir. Elle était le noyau, et mes sœurs et moi étions le fruit qu'elle avait eu tant de mal à faire mûrir. Elle se voyait en jardinier et elle devait tout faire pour qu'on grandisse, nous les petites branches affaiblies par la tempête qu'avait provoquée la mort de notre père.

# Chapitre 17

C'était bientôt la fin de l'année scolaire. Je passais des après-midi entiers sur le grand canapé de Fabienne, une de mes amies, à regarder des films. Ce jour-là, nous sommes allées discuter avec son père dans son bureau. J'aimais énormément cette pièce feutrée aux murs noirs, pleine de livres, de DVD, de papiers remplis de l'écriture minuscule de son père. En fin de journée le ciel était encore d'un bleu éclatant, mais assombri. Des lueurs grises pénétraient à l'intérieur, transformant certains objets en ombres noires qui rappelaient des formes féminines ou des cyprès. Si j'avais pu en décider, je n'aurais pas allumé les lampes tout de suite. J'aurais attendu religieusement que le jour tombe complètement, jusqu'à cet instant où toute la pièce aurait été sombre, mais où l'on aurait pu encore distinguer les objets, déambuler de façon fluide, où il y aurait donc bien eu de la lumière, mais que personne ne voyait.

Le luminaire allumé ne me dérangeait pas pour autant. J'avais l'impression d'être dans un de ces foyers que l'on aperçoit depuis la rue, les soirs d'hiver, qui paraissent si accueillants, chauds et moelleux, et dans lesquels on rêverait de se réfugier. Nous étions assis tous les trois à un coin du bureau, entièrement recouvert de papiers, de livres et de trésors paternels. Après avoir discuté de choses et d'autres, nous avons évoqué la poésie de certaines chansons et décidé d'en chanter quelques-unes. Il faisait nuit à présent. J'avais toujours vu cet homme très stressé, il criait énormément, et je n'avais jamais passé autant de temps avec lui. La plupart des chansons que je connaissais, c'était Fabienne qui me les avait apprises, elle avait fait toute ma culture musicale française. À un moment ont résonné les premières notes de guitare de *Morgane de toi*. Je les ai laissés me chanter cette chanson que je ne connaissais pas, cette déclaration d'amour et de protection d'un père à sa fille. Et je me suis sentie profondément malheureuse. Je n'étais pas attristée par mon sort de fille sans père, j'étais simplement effondrée de ne pas connaître un tel lien. J'avais beau chercher partout, être au fait du moindre détail d'un poème de Byron ou d'autres poètes que mon père admirait, jamais je ne trouverais ça, jamais je n'éprouverais ce sentiment profond d'amour, d'appartenance, de stabilité.

J'étais seule, face à eux, qui se ressemblaient : ils avaient les mêmes traits, ils partageaient les mêmes gènes, il se reconnaissait en elle et elle en lui – jamais je n'approcherais cet infini. Je pouvais avoir toutes les relations paternelles possibles avec un adulte, retrouver cette tendresse dans des voix, dans des yeux passagers, jamais je ne serais avec un homme dans le corps de qui j'étais inscrite, pour qui ce serait contre nature de m'abandonner.

Le lendemain matin, je suis allée me mettre dans le lit de ma mère pendant qu'elle se préparait tout en fumant et en rangeant quelques bidules par-ci par-là. Je lui répétais tous les jours que plus personne ne fumait comme ça, debout, en déambulant, depuis les années 1960 ! Qu'il fallait qu'elle s'asseye, qu'elle en profite. Elle ne m'écoutait pas. Parfois je ne lui disais rien et j'observais juste sa petite pantomime, ses bigoudis sur la tête. Elle avait tiré les rideaux, ce qui créait une lumière diffuse de cinéma. Je lui ai raconté le moment que j'avais passé avec Fabienne et son père, et que c'était parfois difficile de ne pas avoir connu le mien, de me sentir comme la moitié de moi-même. Elle m'a dit qu'elle comprenait, mais que ça ne signifiait pas que je n'avais pas un peu de lui en moi, ou de la stabilité que pouvait m'apporter son amour. Elle a ajouté : « Les années entre zéro et six ans sont les plus importantes, ce sont celles où l'on construit la majeure partie de ce qu'on sera ; et toi, ces années, tu les as vécues avec ton père, tu étais toujours avec lui. Vous aviez cette relation particulière. Quand tu es née un peu prématurément, on t'a mise quelques heures dans une couveuse et il est resté tout le temps avec toi. À te parler. Mais je te l'ai déjà raconté, non ? Il t'a reconnue immédiatement. Il est allé dans la salle où étaient tous les bébés et il a su que c'était toi sans t'avoir jamais vue avant. »

# CHAPITRE 18

Un samedi soir, à une fête, j'ai rencontré Carla, une jeune fille venue du Midi, à moitié brésilienne, très drôle, qui avait hérité de vieilles vestes Saint Laurent et les portait comme si elle ne savait pas ce que c'était. Elle avait des mains très gracieuses et des doigts très fins sur lesquels tenaient miraculeusement des bagues de famille époustouflantes. Elle agitait ses mains dans tous les sens en parlant, risquant à chaque instant de faire voltiger un de ses diamants jusqu'au visage de son interlocuteur. Elle dégageait une forme d'inconscience, d'ironie sur la vie, elle était comme une icône des années 1970. Alors que j'étais assise au bord du balcon, je l'ai regardée danser sur *Marcia Baila* des Rita Mitsouko. Son corps était entièrement pris par la musique, chacun de ses pas était à la fois fougueux et spontané. On aurait dit une danse inspirée par les dieux, comme si elle avait perdu tout contrôle sur ses muscles qui se contractaient et retombaient parfaitement sur le sol sans qu'elle y soit pour rien. Elle tournait, et la masse de ses cheveux laissait apparaître par flash de grands sourires, des éclats de joie libérateurs, magnétiques. Mon ami Remo, assis à côté de moi, et qui la regardait avec la même intensité, m'a dit : « Tu sais qu'elle a perdu sa mère et que celle-ci s'appelait Marcia ?

— Non, je ne savais pas. »

Tout d'un coup, j'étais ramenée au rang de ceux qui n'avaient jamais connu la mort. Il me paraissait inconcevable de perdre sa mère.

J'ai senti dans sa danse toute la douleur accumulée dont elle tentait de se débarrasser pendant quelques minutes, là, au milieu de tout le monde. Personne ne discernait que tout ce qu'elle avait à dire sur sa mère était là, et qu'elle le criait à cette foule qui ne s'en souviendrait pas, à tous ces gens bourrés, euphoriques aux premières notes de cette chanson, dont ils étaient peut-être un peu lassés à force de l'entendre à chaque fête. Personne ne se rendait compte de la cérémonie qui se déroulait à cet instant précis. Personne ne voyait la Marcia de son esprit danser à travers son corps. Carla mettait dans ses pas toute la joie de sa mère et le vide de sa disparition. J'ai entrevu la silhouette de Marcia se dessiner dans ses mouvements et j'ai eu l'étrange impression de la connaître : ses sourires, son corps, ses bijoux probablement. J'ai compris que c'était elle qui avait donné à Carla cette joie infinie, cet amour de la vie. J'admirais la capacité qu'avait cette jeune femme de se réjouir une nouvelle fois, une centième fois de cette chanson qui évoquait sa mère. Le temps d'un morceau, elle retissait le lien avec sa mère, qui avait été si violemment brisé. Je l'ai regardée rire en imitant la voix grave de Catherine Ringer pour chanter « et quand tu ris, je ris aussi, tu aimes tellement la vie… ». Je l'ai entendue crier à l'unisson, sans doute plus fort que les autres, « et c'est la mort qui t'a assassinée, Marcia », un cri entre l'incantation et l'accusation. J'étais bouleversée par sa force, son courage de crier ça, son envie de vivre et de rendre hommage à sa mère. Par sa façon d'exprimer une tragédie dans une fête sans profondeur. La pure douleur que cachaient son euphorie et sa joie. Le bonheur qu'elle avait à danser pour sa mère. La force qu'elle mettait dans chacun des mouvements que celle-ci ne pouvait plus faire. Sa respiration haletante à la fin de sa danse, qui montrait qu'elle vivait pour deux. J'avais cru d'abord que sa légèreté, sa désinvolture étaient liées à une profonde assurance que demain serait comme hier, mais elle vivait au contraire avec l'intensité d'une personne prête à mourir à chaque instant. Cette fille me réconciliait avec le monde de la fête que mon père aimait tant et que les dernières révélations qui m'avaient été faites sur lui avaient entaché. Moi aussi, j'avais envie de boire et de danser jusqu'à cinq heures du matin avec des gens insignifiants, si c'était pour lui.

Le lundi suivant, j'étais assise sous les lumières blanches d'une salle de classe qui donnait sur un des boulevards du XIVe arrondissement de Paris, qu'avec le temps j'avais appris à aimer. Je regardais les gens, dehors, qui se pressaient pour faire leurs courses, certains portant quatre sacs pleins et d'autres un simple brocoli à la main, comme un bouquet de fleurs. Pendant que toutes ces abeilles s'affairaient, nous, nous assistions à de longues élucubrations philosophiques. Ma professeure, passionnée par son sujet, avait pour habitude de commencer par résumer la séance précédente et passait donc plus de la moitié du cours, parfois même les deux heures pleines, à reformuler les phrases et les concepts qu'elle nous avait déjà expliqués. J'adorais assister à cet exercice de style, me retrouver dans le flou d'une phrase dont on se plaint de l'avoir trop entendue et donc trop bien comprise. J'entreprenais parfois de noter scrupuleusement tout ce qu'elle disait, chacune des interprétations d'une même chose, d'attraper chaque mot. Pareille concentration me permettait de sortir de moi entièrement et me faisait presque entrer en transe.

Ce jour-là, fatiguée de la fête et du week-end, je l'écoutais comme le ressac de la mer, comme un livre qu'on nous lit quand on est malade et que la fièvre et le rhume nous embuent l'esprit. Je regardais les autres élèves de la classe, désespérés et blafards. Soudain ont surgi, dans la voix de ma professeure qui parlait de Spinoza, les mots « persévérance de l'être », tel un concept déposé par les dieux pour exprimer ce que je voyais en observant depuis vingt minutes mon amie Lucie. Elle se plaçait toujours à côté de moi en classe, et je ne savais par quel hasard, aujourd'hui, nous étions séparées. Elle tapotait compulsivement sur son ordinateur, ce qui ne lui laissait aucune main libre pour cacher ses bâillements. Elle ne remarquait pas que je l'épiais car elle se consacrait pleinement à l'écriture de ses mails pendant les rengaines infinies de Mme Tsinovk. Son père était mort quelques mois auparavant, laissant comme seule possibilité de deuil une montagne de paperasses. La mort nous met face à des obligations qui ne sont pas de notre âge : j'avais aussi été confrontée à cette situation avec mes oncles. Au moment où toute notre vie part à la renverse, on nous demande d'être logiques, de prendre des décisions importantes, de gérer des dossiers. Étrangement, on réussit pendant quelque temps à garder l'esprit clair pour régler tout cela : c'est « la persévérance de l'être ». Après la mort d'un proche, il y a comme un regain d'énergie, venu de nulle part, qui nous aide à tenir le coup. C'est parfois inquiétant de voir une personne en deuil s'agiter pour vite ranger, jeter, vendre, s'organiser. Lucie avait dépassé cette phase de frénésie qui dure quelques semaines après l'enterrement, mais elle n'en était pas encore tout à fait redescendue, elle voguait avec une force qui lui permettait de venir en classe et de régler les mails qui l'assaillaient. Elle n'avait pas encore assumé la mort de son père, ni vécu l'ahurissement, la stupéfaction, le moment où soudain cette force étrange nous lâche, quand tout le monde autour de nous est passé à autre chose. C'était normal, pour moi, ça avait mis plus de onze ans.

Pourtant il reste toujours une forme d'énergie vitale qu'on conserve toute sa vie. Mes amis qui avaient perdu un de leurs parents très tôt, qui avaient vu la mort en face, rayonnaient d'une joie à nulle autre pareille. « La persévérance de l'être » par-dessus tout. Ils se battaient pour leurs projets, pour la vie, étaient bienveillants avec les autres. L'expérience de la mort jeune leur avait aussi donné une sensibilité particulière, une intuition.

Ce soir-là, dans ma chambre, pour contrer mon insomnie, j'ai allumé la radio et appris que le rover envoyé sur Mars s'appelait *Perseverance* – le rover, c'était nous. La voix qui sortait de mon petit poste disait : « On va pouvoir se regarder atterrir sur une autre planète pour la première fois. » C'était une assez bonne définition du deuil chez l'enfant : tout est bouleversé, il tombe dans le royaume de la conscience de la mort, puis il se voit atterrir sur la planète de l'après, celle avec un seul parent. Il est difficile de s'y frotter et encore plus d'y atterrir. Tout comme sur Mars. Personne d'autre que nous ne peut guider notre descente. Depuis la Terre, on prendrait connaissance de toutes les informations de *Perseverance* avec un décalage de onze minutes, c'est un peu la même chose chez l'enfant en deuil. Il ne réalise ce qui lui est arrivé que bien plus tard. Nos amis ne comprennent également que bien après ce qu'ils avaient sous les yeux, ils sont aveugles à nos souffrances. Carla m'avait raconté à la fête que ses amies lui disaient qu'après la mort de sa mère, à treize ans, elle semblait toute guillerette, faisait des blagues ; elles ne voyaient pas que c'était sa façon d'affronter la mort. Ce n'est que des années plus tard qu'elles ont compris son malheur, tout ce qu'elle avait traversé. Quand elles se sont rendu compte de tout ce que Carla avait vécu, elle était déjà sur l'autre planète.

« *Perseverance* devra être le plus autonome possible pour trouver le meilleur point d'atterrissage. » On a deux, six, treize ou dix-sept ans, et on devient un rover lancé dans l'espace qui ne peut atterrir que seul, qui doit trouver par lui-même comment se poser sain et sauf. Il peut aussi foncer tout droit vers un gros rocher tranchant, mû par l'autodestruction – c'est le cas des enfants qui n'ont pas trouvé le côté paisible de la planète. Le rover enfant peut également se poser dans un trou entre des falaises de plusieurs centaines de mètres de hauteur, et la seule façon qu'il a de s'en sortir, c'est « la persévérance de l'être ». On ne comprend qu'après tout ce qui s'est passé, une fois que le rover revient sur Terre avec des petits bouts de pierre de sa planète de deuil que les Terriens peuvent inspecter.

Plus tard dans la nuit, je ne dormais toujours pas et je me suis rappelé que j'avais sauvé de la grange de Coralie des costumes de mon père, sans doute son plus grand trésor. Il y avait ceux qu'il avait achetés, mais aussi et surtout ceux de son père qu'il avait fait retailler. Dans ma famille, les costumes se passaient de père en fils depuis des décennies, alors, à chaque génération, les hommes se devaient d'être toujours plus fins.

Je les avais posés sur le canapé du salon en rentrant de la campagne et j'avais eu l'impression que la poussière, l'humidité, les rats, les craquements avaient envahi notre appartement bien propre, comme si la seule présence de ces costumes avait tout chamboulé. Même après les avoir rangés et lavés, je ne pouvais plus m'asseoir sur le canapé car j'avais la sensation de me faire grignoter par les centaines de petites bestioles qui dégustaient les affaires de mon père depuis plus de onze ans. Maintenant, j'étais pleine de la force de la persévérance de l'être, je me rendais compte que mon père extravagant et mort trop tôt était aussi ma force. Il était mon père et je n'avais pas à le craindre. J'ai ouvert ma penderie et j'ai enfilé un de ses costumes. Le haut et le bas étaient exactement à ma mesure, le col de la chemise se refermait à la perfection sur mon cou et jamais un pantalon n'avait été autant à ma taille, seule la veste était un peu grande, mais elle me donnait une allure floue qui m'allait bien.

Alors j'ai commencé à les porter régulièrement, poursuivant ce qu'il aimait, sans avoir peur de faire une bêtise en revêtant les habits d'un mort. Je les portais de manière solennelle mais aussi avec de grandes chaînes pour aller à des fêtes en me donnant un style de princesse R'n'B. J'en ai mis un avec une casquette New York pour aller rejoindre mon premier amoureux. Je bourrais leurs poches quand je ne voulais pas prendre de sac, j'épinglais des badges à leur revers, je les portais à des concerts, à des fêtes, dans des aéroports et des gares. C'était ma façon de rendre hommage à mon père et d'insuffler son énergie dans ma vie.

# Chapitre 19

Après la soirée où l'on s'était rencontrées, je suis devenue très amie avec Carla. On évoquait beaucoup sa mère et mon père, alors, un soir, elle m'a proposé d'aller au spectacle d'un médium qui parlait aux esprits, juste pour voir ce qui se passerait.

La salle était petite et remplie de gens qui avaient perdu quelqu'un et espéraient recevoir un message de la personne disparue.

Le médium a dit qu'il sentait les énergies des défunts en passant à côté des spectateurs. Il s'est d'abord arrêté auprès d'une femme portugaise. Il lui a parlé de son frère endetté, qui s'était suicidé dans un garage, à côté de sa Ferrari rouge. L'esprit a donné le nom de son club de foot préféré, le CD Santa Clara, pour bien prouver que c'était lui. À ce moment précis, la femme s'est mise à pleurer et a hoché doucement la tête : elle l'avait reconnu. L'esprit lui a dit qu'il était surmené à cette époque, qu'il avait trop de pression, il s'excusait d'être parti comme ça. La femme lui a pardonné. Bouleversée par la perspicacité du médium, elle a commencé à se confier abondamment, donnant des centaines de détails sur elle, son frère et ses difficultés, oubliant totalement la présence du public. On avait retiré un petit bouchon et elle se vidait entièrement. Ensuite le médium s'est approché d'une autre femme et l'a informée qu'elle était illuminée. Il voyait l'esprit juste au-dessus d'elle, il était immense et éclatant, et veillait sur elle de très près. La femme s'est tournée et contorsionnée dans l'espoir de le voir elle aussi, tant le médium le décrivait comme une personne réelle. La femme était heureuse, mais elle n'avait pas l'air surprise, comme si elle le savait, qu'on le lui disait fréquemment, elle semblait gênée qu'on la complimente. Puis le médium a appelé un « Georges », en demandant qu'il lui réponde. Au bout de quelques instants, une dame a levé la main et a dit : « Je ne sais pas si ça peut aider, mais mon fils s'appelle Georges. En revanche, il n'est pas mort, donc c'est un peu inquiétant. » Était-il mort entre-temps ? Ç'aurait été une façon très particulière d'apprendre la mort de quelqu'un. La dame avait l'air un peu inquiète. Ces quelques mots ont été une révélation pour le médium qui lui a dit, comme s'il la connaissait depuis toujours :

« Oui, vous avez eu un accouchement très difficile, c'est ça ? » Elle a hoché la tête pour acquiescer. Il a repris : « Vous avez été gravement en danger pendant cet accouchement, vous avez failli mourir, mais vous avez été sauvée par deux esprits qui ont travaillé ensemble, celui de votre arrière-grand-mère et celui d'un enfant issu d'une première fausse couche. Ils vous ont permis de survivre, ainsi que votre enfant, Georges. Vous êtes des miraculés. » La femme regardait droit devant elle, dans le vide, et semblait retrouver un sentiment ancien. C'est rare de pouvoir rentrer si vite dans l'intimité des gens. On se serait cru à une réunion des Alcooliques anonymes de l'esprit. Nous attendions tous désespérément un signe. Certains mourraient peut-être de n'en avoir jamais reçu.

La personne suivante vers qui le médium s'est dirigée était une très vieille dame avec une longue tresse, assise non loin de nous. Elle était toute recroquevillée, telle une allumette brûlée. Elle fixait le médium depuis le début de la séance, sans bouger, sans se disperser, comme si elle tentait de lui envoyer toutes les énergies dont elle disposait. On aurait dit qu'elle se repassait à l'infini des scènes avec la personne disparue pour la faire venir, ou pour créer une aura, un halo autour d'elle qui lui permettrait de se faire remarquer par le médium. Celui-ci lui a parlé de son père. Elle s'est écriée très fort :

« Mon père ? !

— Vous avez l'air surprise.

— Mais ce n'est pas lui que j'attendais ! »

Elle voulait se connecter à son mari, mort très peu de temps avant. Peut-être ne lui avait-elle même pas laissé le temps de monter au ciel avant de venir. Son père, c'était un salaud. Il avait tout plaqué pour partir avec une femme plus jeune, il avait laissé tout le monde dans la merde, puis il était tombé gravement malade, était revenu et avait été extrêmement pénible jusqu'à la fin de sa vie. Elle était ravie qu'il soit mort et elle était très étonnée qu'il vienne lui gâcher ce moment unique avec son mari. Moi, je pensais que c'était le mari qui n'avait pas voulu venir, c'était trop tôt, il ne fallait pas qu'elle s'habitue à lui parler, c'était mauvais de créer une telle continuité entre la vie et la mort, il fallait accepter l'absence, laisser le mort se reposer. Carla et moi l'avions totalement accepté et attendions patiemment notre tour. Le médium continuait de parler à la femme mais elle ne voulait rien entendre et faisait des gestes de la main comme pour repousser Méphisto. « Il vous supplie de lui pardonner, il s'en veut terriblement et tente par tous les moyens de rentrer en contact avec vous. » Toute la salle avait les yeux rivés sur elle. La femme s'est mise à parler avec le médium comme s'il était son père, en n'hésitant pas à se montrer acide et caustique. Au bout d'une longue discussion concentrée, l'affaire s'est dénouée. Son père semblait n'avoir jamais fait preuve d'autant d'attention pour elle et elle en était touchée. Après, le médium est reparti à l'autre bout de la salle, comme tiré loin de nous par une force surhumaine, et il a crié mon prénom. Carla a sursauté, voulu se lever d'un bond comme une mère dont l'enfant vient de marquer un but. Moi je suis restée calme ; je regardais la scène en attendant de voir ce qui allait arriver, comme si je n'étais pas concernée. Il avait précisé qu'il sentait l'énergie d'un défunt quand il était à côté d'un de ses proches, et là il était à l'extrême opposé de moi. « Je parle d'une personne morte. L'esprit crie ANNA, ANNA, ANNA dans toute la pièce, c'est affolant, ça me fait mal à la tête ! » Il a remonté un peu l'allée : « L'esprit se cogne à tous les recoins de la salle, il s'égosille ! » Il s'arrêtait tous les trois pas pour sentir la provenance de l'énergie, mais elle était apparemment trop forte et elle émanait de partout : « Je n'ai jamais été en présence d'une telle énergie. » Il a répété : « Êtes-vous sûrs de ne connaître aucune Anna morte, une Anne ? Une Alma ? Une Hannah ? » Il était devant moi, sur ma droite. « Bon, là, c'est très très fort. » Carla me secouait, mais j'étais pétrifiée et je n'osais dire quoi que ce soit. Il est passé juste derrière moi et a prononcé tout bas : « Ça peut aussi être une personne en vie, tout compte fait. » Ne résistant plus, Carla m'a agrippé le bras et l'a levé en s'écriant : « Elle, elle s'appelle Anna. » Pile à ce moment-là, dans la rangée du fond, une autre femme a levé aussi le bras avec ferveur. Tout d'un coup, j'étais prête à la buter pour que ce soit moi dont le médium parlait. La situation s'était retournée en quelques secondes. Il m'a désignée : « C'est vous, ça y est, l'esprit est calme. » Il a immédiatement poursuivi : « J'entends une musique, on chantonne, j'entends une musique dansante, populaire. » Carla et moi étions pendues à ses lèvres, comme si elles avaient été une radio-paradis dont allait sortir le son qui devait nous éclairer. Puis il a dit, interloqué : « Est-ce possible que ce soit les Rita Mitsouko ? » En entendant ce nom, nous avons explosé de rire en nous tenant serrées l'une contre l'autre. Nous étions tellement proches à ce moment-là de notre vie que nos énergies se mélangeaient et que même les esprits de nos parents menaient des attaques groupées ! C'était exactement comme on se l'était imaginé dans nos délires les plus fous, quand on se racontait que nos parents faisaient la fête en haut ensemble et que mon père devait m'être très reconnaissant de l'avoir mis en contact avec une femme brésilienne aussi drôle et aussi belle que Marcia. À moins que ce ne soit eux qui nous aient réunies. « Je vois un homme très chic, en costume, vraiment très élégant, dans un miroir. » J'étais tétanisée : je savais que c'était mon père. J'ai eu à peine le temps de répondre qu'il a poursuivi : « Je vois une mèche de cheveux coupée. » Ça, c'était pour Carla... Elle a hoché la tête, beaucoup plus à l'aise que moi, et a avoué devant toute l'assistance qu'elle avait coupé une mèche de cheveux de sa mère avant que le corps parte pour la morgue. Et ce fut tout. Le médium s'est éloigné. Le spectacle allait bientôt prendre fin. Je m'en voulais tellement, pourquoi n'avais-je pas dit dès le début que c'était mon prénom ? Dès la première minute ? Pourquoi n'avais-je pas répondu sur le costume ? Mon père avait crié mon nom, il était venu, il s'était démené, tout ça pour rien, tout ça parce que sa fille n'était qu'une conne, timide et affreusement longue à la détente ! Et je me suis mise à sangloter tandis que la séance se clôturait sur quelques accords de piano. La lumière s'est allumée, j'ai saisi mes affaires, énervée – pourquoi avais-je pris autant de pulls et de manteaux ? J'en avais au moins deux de chaque, encore une preuve de mon absurdité. Je m'apprêtais à partir, après avoir fait tomber à deux reprises mon bonnet par terre, quand une femme s'est approchée de moi : « Pardon, tu es Anna ? Je suis vraiment désolée, ça peut paraître fou, mais j'ai connu ton père. » De nouveau, j'ai fondu en larmes. Lorsqu'elle avait entendu « Anna », elle avait tout de suite pensé à moi, petite, avec ma frange. La petite fille qu'elle avait connue à la montagne avec son père, dont elle avait appris la mort tragique quelques semaines après. Elle se souvenait que mon père et moi avions le projet de peindre les griffes du lion de la place Denfert-Rochereau. Je le lui ai confirmé et lui ai dit qu'elle m'avait donné le plus beau signe qu'on puisse m'offrir. Je n'avais pas besoin d'un médium pour avoir un peu de mon père dans ma vie, et je n'avais pas à en vouloir plus.

En repensant à tout cela, dans le métro, je me suis demandé pourquoi le médium avait considéré pendant un temps si long que j'avais l'énergie d'un mort ?

# Chapitre 20

Le lendemain, je suis passée devant l'église où avait eu lieu l'enterrement de mon père. Un rayon de soleil s'écrasait en gloire dans le petit jardin attenant. Ces deux clochers, je les avais vus tous les jours de ma vie, de très loin, en revenant de l'école. J'ai poussé la porte. Je ne me rappelais pas que l'ange au-dessus du bénitier était aussi délicat et apaisant. Il donnait envie d'être au paradis, il avait l'air si doux. L'eau bénite que l'on effleure pour se signer était un des rituels que je préférais, la sensation de l'eau était un vrai trésor mystique. Au moment où je suis entrée dans l'église, la chorale répétait. Beaucoup des chanteurs avaient mon âge. Leurs voix s'élevaient puissamment, et ils étaient tous parfaitement en accord les uns avec les autres. Ils répétaient pour leur prochaine représentation. J'avais l'impression d'être dans un monde parallèle. Je les regardais, l'air béat, comme s'ils ne pouvaient pas me voir. Pendant un instant, j'ai eu envie de faire partie de cette communauté, de les connaître tous, de chanter aussi fort et aussi juste qu'eux des *Kyrie eleison*.

À la fin de leur répétition, je me suis avancée, j'ai reconnu ma petite chaise en bois, vide, au premier rang, j'ai revu le cercueil, ce mot que j'avais appris à épeler trop tôt. Je me suis approchée de l'autel et j'ai allumé un cierge bleu. Je l'ai ensuite enveloppé de mes mains, en pensant à toutes les personnes avec lesquelles je partageais l'amour de mon père, en pensant à lui là-haut qui nous protégeait tous, et ça m'a fait sourire : il y avait longtemps que je n'avais pas eu cette image en tête, de lui au ciel. Les vitraux projetaient des taches de couleurs très simples sur le sol de pierre blanc. J'ai fait le tour pour me glisser derrière l'autel, dans cet endroit qui paraît défendu. Je le faisais chaque fois que c'était possible. En revenant dans la nef, j'ai remarqué le grand orgue en bois, très rustique pour une église parisienne, et je me suis souvenue du son qu'il produisait. J'ai revu le cercueil porté par mes oncles franchir la grande porte dans la lumière de mars, et toutes ces personnes massées sur le parvis.

Quand je suis ressortie par la petite porte de gauche, la place, cette fois-ci, était vide et parfaitement calme.

# II

# Chapitre 21

Quelques mois s'étaient écoulés. Après mon bac, j'avais commencé des études à l'université et quitté l'appartement noix, aussi. À l'approche des vacances d'hiver, j'ai décidé de partir en Italie afin de poursuivre mon enquête. J'ai pris un avion le soir même après la fin de mes cours. Je suis d'abord allée chez Harry qui vivait dans les montagnes, près de Naples. Il était écossais, mais avait grandi sur la côte amalfitaine. Il vivait avec Karolina, l'amie de mon père qui avait révélé à Rosalie que celui-ci lui avait laissé la noix sertie d'or qu'il comptait lui offrir pour son mariage. Harry était un ami de jeunesse de mon père, il avait rencontré Karolina, ainsi qu'Arnoldo, à l'enterrement. Leur trio s'était formé autour de la figure de mon père disparu. Harry et Karolina étaient venus me chercher à l'aéroport. Sur la route menant à leur maison, nous avons souvent été arrêtés par des bergers qui faisaient traverser leurs brebis ou leurs ânes. J'avais terriblement mal au cœur à cause de la route sinueuse, et ces interludes m'apportaient des instants de répit bienvenus. Avec sa voiture anglaise, au volant à droite, Karolina conduisait très vite, très brusquement ; elle tournait la tête vers moi pour me parler, ce qui faisait chavirer tout l'habitacle, et, dans les virages en épingle à cheveux, elle frôlait la montagne, qui semblait prête à s'écrouler sur nous, ou bien l'à-pic de la falaise, nous suspendant au-dessus du vide vertigineux. On montait déjà depuis trente minutes quand elle m'a montré un sommet qui paraissait encore très loin et m'a dit : « On va là. »

Parvenus enfin au bout de cette route infernale, nous avons débouché sur un plateau dans la continuité d'une crête qui courait jusqu'à Capri, au milieu de l'horizon. Leur maison était située là, dominant la mer, que l'on pouvait rejoindre après quarante-cinq minutes de marche par des chemins tortueux. Les nuages étaient plus proches, presque à hauteur de nos têtes, comme s'ils étaient venus nous rendre visite. C'était une maison dans le ciel.

Le soir, il faisait froid dans ces montagnes, et nous avons dîné dans la cuisine, au chaud, sous des plaids en tartan. Ensuite nous nous sommes installés près de la cheminée, des verres de vin rouge posés sur la petite table en bois, et Harry m'a parlé de mon père. Il m'a expliqué que dans leur jeunesse ils faisaient partie d'un mouvement qui s'appelait « Lotta continua », une organisation d'extrême gauche maoïste, spontanéiste. Ils se désignaient eux-mêmes comme des « opéraïstes », héritiers du mouvement qui s'était constitué autour de *Quaderni Rossi*, une revue de sociologie militante dans laquelle écrivait aussi Erri De Luca. Il m'a décrit les lieux où ils rédigeaient leurs manifestes et déclamaient leurs discours. Je les imaginais sortant de ces longues heures de réunion et enfourchant leurs mobylettes pour aller à une fête dans un appartement encore plus petit, en passant dans des ruelles étroites dont ils faisaient résonner les pavés.

Le lendemain Harry m'a dit que si je voulais en savoir plus sur ces années-là, il fallait que je rencontre Giulia Gentile qui avait accueilli mon père chez elle à Bologne à cette époque. En cherchant sur Internet, j'ai découvert que le mari de Giulia, un grand ami de mon père selon Harry, était mort depuis quelques mois. J'ai alors trouvé un site sur lequel on pouvait adresser des condoléances (il n'y avait vraiment que des Italiens pour faire une chose pareille). J'ai laissé un message sur cette plateforme et Giulia m'a répondu au bout de quelques jours. Je suis aussitôt partie pour Bologne.

# Chapitre 22

*All the leaves are brown*
*And the sky is gray*
*I've been for a walk*
*On a winter's day.*

Bologne, ville du Nord, ville de la révolte étudiante, la communiste, la rouge. Je passais par les rues du centre en étant sûre que mon père les avait arpentées lui aussi. Des rues bordées d'arcades, des immeubles ocre et beiges. Je croisais des groupes d'étudiants et je l'imaginais arrivant là à vingt ans, là où tout bougeait. J'ai déposé toutes mes affaires dans une pension de famille et je suis partie à mon rendez-vous avec Giulia. Elle m'a parlé de ce monde où les intellectuels faisaient des conférences dans des salles de théâtre ou de cinéma pleines à craquer de jeunes militants qui débattaient avec fougue. Elle était venue avec sa fille, Ida, qui elle aussi avait connu mon père.

« C'était des quasi-anarchistes, m'a-t-elle expliqué. Ils préconisaient de lutter contre le capitalisme par de petites actions de résistance quotidienne, comme l'absentéisme ou le sabotage, afin de détraquer le système.

— Ils voulaient une vraie société communiste, a poursuivi Giulia. Ton père était fasciné, lui le bourgeois, le fils d'une des grandes familles italiennes, lui qui avait passé ses vacances avec Agnelli, le président de la FIAT, où toutes les révoltes ouvrières ont commencé ! Il s'opposait à sa famille et à tout ce qu'elle représentait. »

Elle m'a raconté qu'il faisait partie de ceux qui avaient fondé Radio Alice, un des organes de communication les plus subversifs et libres d'Italie.

« C'était drôle, ils couvraient des sujets très larges, la lutte ouvrière, la vie politique, l'amour, la musique. Tout ça analysé par des militants opéraïstes. Je crois que la radio a été fermée pour cause d'incitation à l'insurrection. Il existe une photo d'eux avec Michel Foucault lors d'un voyage que celui-ci fit à Bologne ; on voit la petite tête de ton père, il faudrait qu'on la retrouve. Ton père était lié avec tout un tas de gens phénoménologues, ou surréalistes. Tout un monde qui gravitait autour de revues indépendantes italiennes comme *Frigidaire*, qui réfléchissaient à la poésie, à la psychanalyse, à la linguistique, à la sémiologie, etc.

« Ton père a eu une histoire avec une militante toscane, brune, aux traits fins, qui avait dix ans de plus que lui. Elle était d'une famille d'intellectuels d'extrême gauche. Elle était allée vivre en Californie, où son mari l'avait abandonnée avec leurs jumeaux. Elle a ensuite vécu à New York, a côtoyé la Factory, et plus tard, de retour en Italie, elle est devenue professeur d'anthropologie et militait dans les mouvements de gauche et féministes.

« Bertolucci appartenait aussi à cette mouvance. Il a même été considéré comme l'un des précurseurs de 68 avec son film *Prima della rivoluzione.* Ce film en soi était une révolution, mais sur une musique d'Ennio Morricone. »

Je lui ai demandé si mon père était ami avec Bertolucci et elle m'a dit qu'ils s'entendaient très bien tous les deux, ils partageaient la même culture, et c'est mon père qui lui avait même suggéré le sujet du *Dernier Empereur*, ce que j'avais toujours cru être une légende familiale.

Au moment de nous séparer, Giulia m'a invitée à venir passer quelques jours chez elle. Je suis allée récupérer mes affaires à la pension, et je l'ai rejointe. Elle m'attendait devant une porte au bout d'une allée d'arcades, habillée d'un manteau vert avec un grand col en fourrure vert pomme. Elle m'a fait entrer dans la cour d'un palais. Elle avait vécu dans le bâtiment principal avec ses enfants, mais elle logeait maintenant dans une plus petite maison, juste en face, cachée derrière une porte en bois épais. Elle l'a ouverte, a écarté de lourds rideaux à carreaux verts, et nous avons pénétré dans un vestibule très haut de plafond, baignant dans une lumière ambrée. C'était comme entrer dans le manche d'un peigne en écaille. Sa maison ressemblait en miniature à celle d'une star hollywoodienne des années 1930. Le vestibule était divisé en deux : il était à la fois une entrée et une salle à manger pour les dîners importants – mais elle n'en organisait jamais, m'a dit Giulia. Les deux parties de la pièce étaient séparées par un paravent chinois avec des panneaux en bois dur et noir, ornés de fines gravures. Dans un coin un peu sombre était posée une lampe à huile monumentale décorée de motifs de moucharabieh et d'écritures persanes qui créaient une atmosphère de palais des vents. Elle était peut-être là, l'âme de la maison, la porte dérobée. Ils étaient peut-être tous là, les regards des fantômes, dans des loggias, des balcons, à l'ombre, dans la chaleur de l'huile bouillante. D'ailleurs, une petite baguette magique était placée juste à côté ! Dans un autre coin de la pièce, j'ai aperçu des parapluies aux manches sculptés en ivoire ou en bois foncé ; l'un d'eux était en ambre et avait la forme d'une patte de poulet crochue. Dans la partie salle à manger, sur la table des dîners qui n'avaient jamais lieu, étaient disposés de minces bougeoirs en cristal avec des pendeloques en verre qui donnaient l'impression que de l'eau coulait. À l'extrémité de certaines d'entre elles était délicatement accrochée une petite perle en verre rouge, comme une tache de sang qui ne venait même pas troubler le calme de ces chutes d'eau translucides. Deux bibliothèques vénitiennes aux formes byzantines étaient gardées par deux statues chinoises de marchands de la route de la soie, qui tenaient chacun une bougie. Le sol était couvert d'un gigantesque tapis avec de grandes fleurs rouges, très kitsch, mais qui complétait finalement très bien la décoration de la pièce. Celle-ci s'ouvrait sur un salon baigné de lumière où, à l'inverse, tout était vrai : la lumière, les plantes dans les pots. Là, ça sentait le propre, le frais, et la soie des canapés bruissait. Au plafond, de fines fleurs dispersées, aériennes, composaient une fresque blanche. Les fenêtres donnaient sur un immense jardin. Depuis la fin du Moyen Âge, les aristocrates, à Bologne, possédaient leur propre champ de cultures vivrières en plein milieu de la ville, derrière les *portici*. Celui de Giulia était un des plus vastes et il était relié à sa maison. Il avait été transformé en un jardin typique du nord de l'Italie, géométrique, avec des recoins secrets, des petites fontaines, des statues. Au bout d'une des allées, d'amples camélias semblaient se déployer à l'infini. On pouvait presque entendre les rires étouffés d'une Elizabeth Bennet cachée derrière les fleurs. Nous nous sommes assises dans le jardin et Giulia m'a raconté le jour où elle avait vu mon père remonter cette allée, comme moi, pour la première fois :

« Il avait vingt et un ans, mais il ressemblait déjà à un homme de soixante ans. Il portait un costume sublime, gris, et une cravate noire. En plein milieu des années 1970, il ne passait pas inaperçu, habillé comme ça. J'avais fait l'erreur de lui installer une chambre côté rue. Il est resté tout le temps à son bureau à observer et inventorier les passants sous les arcades, il n'a pas travaillé une seule seconde. Il n'allait pas en cours, mais il connaissait tous les professeurs à l'université, tout le monde le trouvait génial, absolument génial. Il était tellement sympathique – *simpaticissimo*, a-t-elle répété. Je me souviens que quelques mois avant sa mort, donc plus de trente ans après son séjour ici, il m'a appelée et m'a dit : "*Come va la Mencaroni* ?" » Elle imitait sa voix et sa diction, me remémorant par là que mon père ne savait pas rouler les r. Elle a continué de me raconter l'histoire en explosant de rire ; la *Mencaroni* était une femme qui s'occupait de placer des femmes de chambre dans les maisons, elle était tout le temps dans la rue et mon père lui parlait depuis son bureau.

« Ses frères et lui étaient les représentants de la "*napoletanietà*" : ils prenaient tout avec humour, avaient une facilité de vivre, une malice, une élégance purement napolitaines, qui n'existent quasiment plus », m'a dit Giulia.

Il était tard et je suis allée me coucher. Giulia m'avait installé un petit lit dans la bibliothèque, il y avait des livres de Duby en français, des livres en italien, en russe, en arabe, et un grand portrait de la Vierge juste au-dessus de ma tête.

Le lendemain, je suis sortie tôt pour aller retrouver un homme qui avait connu mon père sans être pour autant un de ses amis proches. Il m'attendait sur la piazza Santo Stefano, ma place d'ores et déjà favorite de Bologne, avec de vieux *palazzi* et une petite église du Ve siècle. Il lisait le journal à une terrasse en plein soleil. Alors que je m'asseyais, il m'a dit dans un mélange d'italien, de français et d'anglais :

« C'est drôle que l'on se voie aujourd'hui car c'est l'anniversaire de la mort de Corrado Costa ! Ils en parlent dans le journal. Il avait défendu ton père, a-t-il soupiré, en avalant en une seule et unique gorgée le café que le serveur lui avait déposé sur la table.

— Quoi ?

— Ton père avait été *arrested* pour *lotta armata*, a-t-il expliqué dans un pouffement, qui fit s'envoler des petits bouts de pain grillé restés accrochés à ses lèvres : *È molto insolito.* »

Il a levé les yeux vers moi, avant de poursuivre, l'air amusé :

« Quand il était jeune, il allait dans votre maison sur la côte, l'hiver, avec des *brigatisti*, des membres des Brigades rouges. »

Les *Brigate rosse*. Idéologie : marxisme-léninisme ; objectifs : révolution prolétarienne ; mode opératoire : attentats, assassinats, jambisme ; victimes : 84 morts, 415 blessés ; zone d'opération : Italie ; statut actuel : inactif. C'est ce qui s'est mis à défiler dans ma tête pendant qu'il parlait.

Il avait prononcé ce mot, *brigatisti*, à voix basse comme si l'on nous écoutait.

« Ils allaient là-bas pour imprimer les *volantini*. *It was not violent, it was pure* », m'a-t-il rassurée.

Je pensais savoir que *volantini* voulait dire « tracts », mais n'en étant pas totalement sûre, je lui ai posé la question : « C'étaient des livres ou des petits papiers ? »

La tête en arrière, ses grands yeux plongés vers le bas, vers moi, il a répondu d'un ton déclamatoire presque sentencieux :

« *It was arms ! It was arms !*

— *Arms ?* »

Alors là je ne comprenais plus rien. J'étais tellement fière d'avoir pu identifier, pensais-je, le mot *volantini*. Mon père dealait des bouts de bras avec les Brigades rouges ? Ce devait plutôt être un mélange de français et d'anglais et signifier « des armes ».

« *Sedizione ! It was revolutionary ! Modern revolutionary !* »

Je lui ai demandé, troublée, si mon père vendait des armes et j'ai fini par comprendre qu'ils se servaient de la maison en face de la mer non seulement pour imprimer des tracts, mais aussi pour y entreposer des armes pour la lutte. Ils se retrouvaient là pour discuter, prévoir des attaques en secret.

« Il a été convoqué au tribunal, en Emilia-Romagna, tu peux imaginer le scandale que ça a été pour sa famille », a-t-il conclu.

Les Brigades rouges ? Je découvrais peu à peu que mon père était associé à tout ce qui représentait le mal pour moi, et en même temps je ressentais une pointe de fascination. L'extrême gauche, les mouvements étudiants. Sur le chemin du retour, je ne me sentais pas bien. Ces longues arcades me donnaient l'impression d'être dans un couloir cauchemardesque sans fin. Je ne voyais pas le ciel, seulement des perspectives.

De retour chez Giulia, j'ai appelé ma mère et lui ai raconté où en était mon enquête.

« Non, ton père ne faisait pas partie des Brigades rouges, m'a-t-elle dit. Il n'était pas une figure majeure de ces mouvements d'extrême gauche. En revanche, je me rappelle maintenant qu'il avait publié les carnets d'Aldo Moro. En mai 1978, il était à Milan avec un ami et ils sont passés aux éditions pour lesquelles il travaillait. On leur a dit : "C'est bon, tout va bien, ils ne vont rien faire à Aldo Moro." Ça les a rassurés et ils sont allés chez le barbier. Mais quand ils sont sortis, Milan était vide et ils ont vu les gros titres des journaux du soir qui annonçaient qu'Aldo Moro avait été retrouvé criblé de balles dans le coffre d'une voiture à Rome. Je me souviens bien de cette histoire. »

Le soir, nous avons dîné toutes les deux, avec Giulia, sur une petite table qu'elle avait installée dans sa chambre. J'ai écouté ses histoires toute la soirée. Son rire était comme une longue note tenue qui partait vers le haut, tout en restant grave, et qui lui faisait hausser les sourcils en un bref sursaut. J'aimais beaucoup écouter sa voix, j'aime les voix atténuées et crépitantes des vieilles dames.

Le lendemain, à mon réveil, j'ai trouvé un texto de Giulia qui me proposait d'aller me balader dans Bologne. Elle me donnait rendez-vous une dizaine de minutes plus tard dans le salon. Je me suis empressée de me passer un peu d'eau sur le visage, de m'habiller, puis je suis allée m'asseoir sur un canapé pour l'attendre. Une demi-heure après, elle n'était toujours pas apparue et je me suis approchée de la porte de sa chambre. Elle était assise face au miroir de sa coiffeuse, immobile devant son reflet qu'elle ne regardait pas, dans le silence. Parfois elle déplaçait tout doucement un objet de quelques centimètres, parfois elle ne faisait que le soulever. Je ne savais pas si elle avait oublié notre rendez-vous ou si le temps, pour elle, s'était étiré avec l'âge. L'heure tournait et elle était perdue dans un flux de pensées mélancoliques. Je l'imaginais seule, passant des journées entières comme cela, sans plus aucune notion du temps. J'avais l'impression de surprendre une fillette dans sa bulle sans savoir si elle était en plein milieu d'une aventure, dans son monde, ou si elle s'ennuyait profondément. J'ai prononcé son prénom plusieurs fois, de plus en plus fort, mais elle ne m'a pas répondu. Alors, je lui ai envoyé un message pour lui dire que j'étais dans le salon. Elle m'a rejointe quelques minutes plus tard, vive, pleine d'entrain, comme si elle était revenue à la vie.

Nous sommes sorties par une porte secrète du jardin, et elle m'a entraînée à travers les rues de la ville, me racontant toute l'histoire de Bologne et celle de chaque palais. Soudain, dans une ruelle, elle m'a dit en levant le bras : « C'est ici que vivait la jeune fille avec qui ton père collait des affiches », puis elle a regardé autour d'elle et s'est exclamée : « Une véritable fille du peuple ! »

# CHAPITRE 23

Après Bologne, je suis allée en Suisse pour rencontrer un autre très bon ami de mon père, Andrei, avec qui ma mère m'avait mise en relation. Pour rejoindre son chalet, j'ai d'abord pris un train jusqu'à Lausanne, puis un autre, féerique, qui longeait les vignes surplombant le lac, avant de rouler presque au-dessus du vide, avec une vue mirobolante sur les grands cols, et de s'enfoncer dans des forêts enneigées. Bientôt, j'ai vu surgir de la brume le chalet d'Andrei. Ni le brouillard ni la neige n'avaient pu le recouvrir totalement. J'étais la seule passagère à descendre à cette petite gare.

Le chalet était situé en haut d'un chemin. Il était immense et sur sa façade en bois clair était gravé un long poème en latin. Au centre de ce frontispice monumental se trouvait une porte étroite et basse, qui donnait l'impression qu'on allait pénétrer dans une antichambre secrète. Un lapin sculpté au-dessus surveillait le seuil, mais il n'a pas bronché à mon arrivée. J'ai poussé la porte. Derrière, un chat avec des oreilles de lynx, de la taille d'un grand chien et élancé comme un guépard, m'attendait. Il s'est avancé vers moi en me regardant fixement et avec mépris. J'ai pensé qu'il allait m'engloutir, mais il s'est penché, a pris mon sac de voyage dans sa gueule, et est parti sur ses longues pattes fines dans le couloir, m'invitant ainsi à le suivre. Quand je suis entrée dans le salon, toute la famille était réunie, certains lisaient, assis à côté du feu, d'autres se tenaient debout, discutaient, dansaient.

Ce fut comme si nous nous retrouvions après de longues années d'absence, alors que nous ne nous connaissions pas. Le père d'Andrei était un peintre polonais qui s'était marié en secondes noces avec une Japonaise de vingt ans sa cadette. Il était mort, il y a peu de temps, et Andrei habitait à présent dans ce chalet avec sa belle-mère – qui paraissait être sa femme. Il y avait aussi la demi-sœur d'Andrei, son mari et leurs enfants suisses et japonais. Andrei m'a conduite jusqu'à ma chambre. Les murs étaient en bois peint. Un mince lit en métal blanc et un petit divan d'un rouge passé au soleil, avec des motifs persans légèrement effacés, y avaient été installés. J'ai défait mes bagages puis ai rejoint Andrei et les autres au salon.

Le soir, après le dîner, je me suis retrouvée seule avec Andrei dans la bibliothèque, près de la grande cheminée. J'étais assise sur un mince banc en bois, très peu confortable, et je lui ai demandé de me parler de mon père. Il m'a raconté que celui-ci, accompagné de sa première femme Sylvia, les avait emmenés, sa femme et lui, faire un grand voyage en Inde.

Ils avaient fait une première étape chez la maharani de Jaipur. Je me souvenais de cette femme, nous étions allées déjeuner chez elle après la mort de mon père. C'était une femme très impressionnante ; ma mère m'avait dit qu'elle était connue pour être la plus belle femme d'Inde. Elle s'appelait Gayatri Devi de Cooch Behar, j'avais une passion pour ce nom, il était à la fois majestueux et moelleux. Ses proches l'appelaient Ayesha (Aïcha), le nom que sa mère avait voulu lui donner en hommage à *She*, le roman de Rider Haggard, mais elle n'avait pas pu le faire officiellement parce que c'était un prénom musulman. Les domestiques l'appelaient quant à eux *Princess May* car elle était née en mai. Elle chassait, faisait de la politique, portait des pantalons, était cultivée, avait choisi son mari plutôt que de se le voir imposer, avait créé la première école publique pour filles d'Inde, puis une école polytechnique pour les femmes, et avait été élue au Parlement avec le score le plus élevé jamais atteint dans la démocratie indienne. C'était une véritable icône.

Andrei m'a dit que pendant leur séjour chez elle, mon père avait utilisé le papier à lettres de la maison pour écrire à d'autres maharajas des villes qu'ils allaient visiter. Ces derniers recevant une lettre estampillée des armoiries d'Ayesha s'étaient empressés de lui répondre qu'ils seraient ravis de les recevoir.

« Une autre maharani nous a ensuite accueillis. Elle vivait plus au sud, dans une maison moderne. Ton père, curieux, lui a demandé au bout de quelques jours si elle accepterait que nous visitions son palais. "Oui, lui a-t-elle dit, mais faites attention aux chiens." Ça nous a fait beaucoup rire, on a souvent ressorti cette phrase après, entre nous. Elle possédait une quinzaine de lévriers afghans qu'elle trouvait trop nobles pour les mêler aux autres chiens, et auxquels elle avait abandonné le palais ! Ces grands chiens très minces, à la tête tout en longueur avec une chevelure raide qui tombait jusqu'au sol, comme si on leur avait fait un brushing, avaient rempli le palais de leurs excréments : sur les escaliers, dans les couloirs, bouchant le bas des moucharabiehs. Il y avait de grands salons ornés de centaines de petits miroirs sublimes, et dans les pièces épargnées par les chiens, on pouvait encore apercevoir l'herbe délicate qui décorait initialement les plinthes. Nous n'avions pas de point de chute pour notre destination suivante, située encore plus au sud. Nous avons donc dormi dans des petits cabanons, où il y avait le strict minimum. Ma femme avait trouvé une grande marmite, nous avons fait un feu sur la terre battue et préparé un ragoût avec tout un tas de choses que nous avions acheté au marché en nous baladant dans la ville. C'est mon plus grand souvenir.

« C'est au cours de ce voyage que ton père est devenu ami avec Babji, le maharajah de Jodhpur. Ils se sont ensuite revus pour un déjeuner à Paris. C'était la canicule et le pauvre Babji était au bord de la syncope, donc ton père lui a proposé de se doucher chez vous. C'est comme ça que ta mère est tombée, dans votre salon, sur le maharajah qui avait une serviette nouée autour de son gros ventre rond ! Ton père était tellement peu conventionnel ! »

J'étais émerveillée par ces histoires. Mon père avait bien eu une vie féerique, en partie du moins.

Andrei a poursuivi : « Ton père avait aussi ce côté enfant de la Méditerranée, il nageait très bien, il plongeait à la perfection. Ils faisaient des concours de sauts, avec ma femme, elle aussi était intrépide ! »

Les histoires que je connaissais sur mon père étaient souvent des histoires de sauts. D'ailleurs, je savais depuis le plus jeune âge que pour être sa digne héritière je me devais de bien plonger. Je me suis souvenue du jour où, sur la côte amalfitaine, nous étions allés avec notre barque sous une arche en pierre. Mon père l'avait escaladée, puis avait plongé, là où tout le monde se contentait de sauter. On avait tous poussé un grand cri, auquel avait succédé un silence. Il était entré dans l'eau sans aucune éclaboussure et, après un moment de suspens, il était remonté à la surface, hilare, en criant : « J'ai perdu mon caleçon ! » Il l'avait cherché partout, en vain, c'était comme s'il avait été aspiré par un monstre marin. L'absurdité de la situation, après la grâce de son plongeon, avait provoqué un fou rire général. Ma mère m'avait aussi raconté qu'un jour, alors qu'ils étaient invités sur un bateau de croisière, il avait plongé du troisième étage : tout l'équipage en avait eu le souffle coupé.

« On est allés un été au lac de Bolsena, sur une île qui appartenait aux Farnese, a repris Andrei. L'un d'eux avait fait construire une sorte de chemin de croix tout autour de l'île, avec des petites chapelles où il allait faire pénitence. Il y avait un endroit où on allait se baigner, un couvent avec des escaliers qui descendaient dans la mer. Il y avait très peu de profondeur et on était épouvantés parce que ton père et ma femme plongeaient de là ! »

À cet instant, son téléphone a sonné : « Ah, c'est un de tes cousins éloignés ! »

Je ne le connaissais évidemment pas.

« Alberto, je suis avec Anna ! Elle veut apprendre des choses sur son père, j'essaie de retrouver quelques souvenirs !

— Tu lui as dit qu'il descendait toutes les bouteilles au chalet ? » l'ai-je entendu répondre à travers le haut-parleur.

« Alberto se fout de la gueule de ton père, mais lui aussi était héroïnomane, m'a dit Andrei après avoir raccroché. Il s'en est sorti, il n'y a pas si longtemps. Maintenant il est addict aux narcotiques anonymes ! Ça fait bizarre, quand on les a connus avec des drogues toujours plein les poches… Alberto fait référence à un jour où nous avons voulu nous servir un verre, mais toutes les bouteilles étaient vides. C'était peu de temps après une visite de ton père !

— C'était pas trop désagréable ? ai-je demandé, soudain gênée par le comportement de mon père, près de vingt ans après.

— Non non, enfin ton père avait un peu tendance à s'endormir dans la soupe.

— C'est-à-dire ?

— C'est une des caractéristiques de l'héroïne, ça : on pique du nez. C'était dommage parce qu'il était tellement brillant et drôle, mais au bout d'un moment, cette merde l'a éteint, comme s'il s'était absenté. Il était entièrement tourné vers ça : comment en trouver ? Quand le dealer allait-il venir ? À Amalfi, il avait un copain qui dealait un peu, il était assez séduisant, il s'appelait Speedy. C'était un enfant d'une famille de pêcheurs, il avait des histoires chaque été avec des femmes touristes, qui le payaient assez grassement. C'était un gigolo, un drôle de personnage. C'est curieux, ces histoires de drogue, pourquoi on s'enferme dedans ? Tout le monde prenait de la drogue à cette époque-là, vraiment tout le monde. Mais pour la plupart, on n'était pas addict, au bout de trois jours on se sentait mal et on arrêtait. Ma femme et moi nous avions du mal à comprendre que ça remplace tout à un moment donné. C'est ce qui s'est passé avec ton père ; d'ailleurs, on n'avait presque plus de contact avec lui à la fin de sa vie. »

Moi je pensais à toutes ces autres personnes qui en avaient consommé à outrance et qui, elles, avaient survécu.

# Chapitre 24

J'ai fini mon voyage en partant retrouver Dean et quelques amis qui séjournaient dans une auberge à la campagne, en France, à quatre heures de train de Lausanne. Dean, dont j'étais la plus proche, devait venir me chercher à la gare. Il était en retard, j'attendais. Depuis la mort de mon père, j'avais du mal à rester calme quand les gens n'étaient pas là, à ma descente du train. Ce genre de situation me faisait perdre le contrôle et passer pour folle aux yeux de ceux qui ne connaissaient pas mon histoire. Lucie, de la même manière, avait pleuré quand son amoureux lui avait fait une surprise en rentrant plus tôt que prévu de vacances. Elle s'était tout de suite imaginé que quelqu'un était mort et avait été prise d'une crise de panique incontrôlable. Alors que j'étais dans ces pensées, Dean est apparu. Je n'ai rien dit.

Je n'ai pas beaucoup dormi cette nuit-là. J'avais tellement bougé ces derniers temps et recueilli tant d'histoires que mon sommeil était très agité et des mots français et italiens se mélangeaient dans ma tête. Le lendemain, au petit déjeuner, j'écoutais vaguement ce qui se disait autour de moi. Toutes les phrases dites aux autres tables sonnaient comme dans un beau film sur l'ennui. Soudain j'ai remarqué un homme en costume, au loin. Ça y est, enfin, c'était lui, je l'observais de dos et je reconnaissais tout de lui. Il était là, en train de se servir au buffet, vers les yaourts. Mon cœur battait à tout rompre, j'étais sûre de moi : ce jour-là serait encore plus important que le jour où j'avais appris sa mort, ça serait le jour où j'obtiendrais la preuve qu'il était encore en vie. Et dire qu'il me prenait de court au petit déjeuner ! Était-il là par hasard ou était-il venu à ma rencontre ? Je savais que j'avais eu raison. Bordel, toutes ces dernières années j'avais eu raison d'y croire ! J'avais décrypté tous les indices. Pourquoi cette auberge comme lieu de retrouvailles ? Était-ce une cachette ? J'aurais plutôt imaginé le Mexique ! Mais bon, là, ça confirmait qu'il avait une autre famille. Est-ce qu'il était prêt à me revoir, ou se sentirait-il pris en flagrant délit ? Et s'il me repoussait ? Et s'il me mentait en me disant que je me trompais ? Je me suis levée sans un mot, comme si j'allais reprendre quelque chose au buffet, je n'entendais plus rien, la salle semblait s'être remplie d'une foule dense sans même que je le remarque. Mes jambes vacillaient, je tenais mon assiette pleine de miettes le plus fort possible et je sentais mon pouls battre à un rythme frénétique, mes doigts étaient sur le point de tout lâcher. J'avais envie de courir vers lui, mais je ne voulais pas qu'on pense que j'allais l'agresser et que la sécurité m'embarque deux minutes après avoir retrouvé mon père. Je me suis approchée de lui, mes mains et mes pieds étaient moites, mon cerveau cognait dans tous les sens. Je lui ai attrapé l'épaule. Il s'est retourné. C'était lui, c'était lui ! Je lui ai dit : « Vous êtes italien ? » Il m'a répondu : « Désolé, je suis anglais. » Je me suis écroulée.

Je me suis réveillée dans ma chambre, dans la lumière grise de la fin du jour et sans aucune lumière artificielle. Dean était là. J'étais trempée, comme quand je me réveillais la nuit, petite, et que tous mes cheveux étaient collés à mon visage et à mon cou. Dans ces moments-là, Molly disait que je sentais la brioche sortie du four. Dean m'épongeait le front comme s'il essuyait un bol après la vaisselle.

« Calme-toi, tout va bien, je crois que tu as fait une intoxication.

— Je n'ai pas fait une intoxication, mon père est ici, dans cet hôtel ! Il est où ? Pourquoi on me garde là ?

— Anna tu as attaqué un homme, tout ça pour lui prendre son yaourt !

— Mais je n'en ai rien à faire de son yaourt, tu n'as donc pas vu que cet homme est mon père ?

— Cet homme n'est pas ton père, Anna. Ton père est décédé.

Non, justement ! »

Pourquoi Dean me parlait-il comme un formulaire administratif ? Profession du père : décédé. Il pensait sûrement que je faisais une amnésie suite à ma chute. J'avais envie de le repousser, de m'enfuir, de courir, c'était infernal, je n'allais pas rater l'occasion de ma vie, je n'allais pas laisser filer mon père encore une fois. À cet instant, on a toqué à la porte, un homme grand, un peu courbé, le sourcil touffu, en costume, est entré. Il m'a dit avec une grande bienveillance : « Bonjour, mademoiselle, je voulais savoir si vous vous portiez mieux. » Ce n'était pas lui. J'étais en passe de devenir folle. J'avais attaqué un pauvre touriste anglais qui déjà ne comprenait même pas pourquoi il s'était retrouvé dans cette auberge. Devant mon silence et mon teint blafard, il a lancé : « Tout ça pour un yaourt ! » en riant, gêné.

Mon père était parti.

# CHAPITRE 25

Je suis restée un jour alitée pour me reposer, comme un personnage de roman qui doit calmer son humeur et faire tomber sa fièvre. Le deuxième jour, j'ai repris vie. Le troisième et dernier jour, j'ai emprunté une voiture, simplement pour conduire, mon grand bonheur nouvellement acquis. Je voulais m'éloigner de cet endroit où j'entendais mes amis parler même quand je m'exilais à l'autre extrémité du jardin. En roulant, je me suis rendu compte que j'étais assez proche d'une maison où nous avions passé de nombreux étés quand nous étions petites, Molly et moi. Elle appartenait à Germaine, qui était comme une grand-mère de substitution et la femme la plus raffinée de toute la région. Deux autres familles séjournaient chez elle, l'été, l'une avec deux garçons, l'autre avec deux filles. Cette dernière famille était anglaise. L'une des filles était très pétillante et vive, blonde, elle faisait de grands discours à table en anglais et levait son verre aux anniversaires avec des airs de vieux monsieur de soixante-dix ans. Sa sœur avait les cheveux noirs, la peau blanche, les yeux vert délavé, remplis de tout le spleen du monde, alors qu'elle n'avait que neuf ans. Elles vivaient seules avec leur mère. Leur père était mort quand je devais avoir quatre ans. Leur mère était très douce, mais je ne voyais déjà en elle que son courage. La seule image que j'avais vue de leur père, un bel homme brésilien, était une photo où il était avec sa femme sous un arbre immense – une romance idéale.

Puis ce fut notre tour, notre père mort à la fin d'un dur hiver. Soudain, ces filles que j'admirais pour leur courage et aussi pour le malheur immense qu'elles portaient au fond d'elles étaient devenues mes sœurs. Je nous revoyais en culotte blanche sous le cerisier de Germaine, peignant nos corps avec le rouge sang des cerises tombées à terre. Nos corps à peine mûrs, recouverts de fruits écrasés, pourris, dépassés. Nos corps portant le poids du sang.

Après, ç'avait été le tour de la deuxième famille, celle des garçons – pour la première fois, leur père n'était pas venu chez Germaine. Leur père que je détestais parce qu'il voulait toujours finir les vacances dans sa maison de famille et qu'il nous enlevait nos amis – nos amoureux, les deux seuls garçons de notre enfance. Leur père que j'aimais parce que même s'il était très sérieux, il créait parfois des spectacles fous qui nous faisaient mourir de rire. Leur père qui s'était foutu de nous un jour en nous voyant rouler des feuilles de tilleul pour les fumer en cachette dans la cour. Leur père que j'admirais parce qu'il avait monté pour nous une tente militaire immense dans le jardin, un été, et qu'il y avait mis des photos de filles en maillot de bain pour faire plus authentique.

Je me souvenais distinctement de ce premier été sans leur père, resté à Paris. Du silence pendant l'heure de la sieste, ce jour-là, d'une sonnerie de téléphone qui avait retenti dans toute la maison, des mères qui devaient rentrer à Paris avec le premier train, de l'attente, du deuxième appel – leur père était enfermé, elles ne parvenaient pas à pénétrer à l'intérieur, elles tapaient à la porte –, de notre incompréhension, puis du troisième appel – les garçons devaient revenir eux aussi, enfin tout le monde : leur père était mort. Tous les hommes étaient donc destinés à mourir. Les Anglo-Brésiliens, les Italiens, les Français avec une maison dans le Nord où il fallait toujours faire des petits travaux à la fin de l'été.

Maintenant nous ne nous voyions plus, nous nous envoyions des messages tous les ans pour l'anniversaire de la mort de nos pères respectifs. Chacun de son côté avait fait semblant de mener une vie normale. Nous avions des beaux-pères et nous nous étions tous réfugiés dans leurs familles à eux pour ne plus faire partie du *dying club*.

À force de rouler, tout droit puis en cercles concentriques, j'ai reconnu les alentours de la maison. Le seul repère que j'avais était une vieille usine désaffectée qui avait été pour nous le décor de tant de scénarios imaginaires. Puis, soudain, comme par miracle, sur un chemin qu'il me semblait avoir déjà emprunté trente fois, la maison est apparue.

En entrant dans la cour je constatai, à ma grande surprise, que tout un tas d'autres personnes avaient eu la même idée que moi. Une foule de gens, des affichettes. Tout était à vendre aux enchères. Un numéro de lot était écrit sur chaque objet qui faisait partie de moi, chaque madeleine était cataloguée et convoitée par des gens qui ne voyaient là qu'une théière ou un drap. Ils s'arrachaient chaque miette de mon enfance. Un meuble que j'avais peint avec Agostino, le mari de Germaine, qui était mort quelques mois après mon père, portait maintenant le numéro de lot 345.

En errant dans la foule, j'ai croisé une des filles de Germaine, Philautie, elle avait maintenant une cinquantaine d'années. Les enfants de cette famille avaient tous le nom d'un vice, c'était très prétentieux, mais je trouvais ça fascinant quand j'étais petite. Il y avait Colacie, la flatteuse, une fille avec les yeux toujours plissés ; Léthé, l'oubli, un garçon constamment à moitié endormi, mais toujours très beau ; Misoponie, la paresse ; Hédoné, la volupté ; et Anoïa, l'étourderie. Après avoir parlé avec Philautie de la vente, je me suis éloignée de la cohue pour faire un tour du jardin. Là, il n'y avait personne et les lieux reprenaient leur quiétude d'autrefois. Des ipomées grimpaient le long d'une balustrade romantique sur laquelle nous avions déclamé des textes de théâtre écrits par Molly. Elle me crêpait les cheveux afin de me donner l'allure d'une apparition ; je m'imaginais alors en sorcière, en être de la forêt, en fée, en troll, et chaque élément de ce jardin me procurait des pouvoirs magiques. L'arrière de la maison était toujours aussi sombre. J'ai retrouvé le bassin que nous prenions pour une piscine, il était maintenant recouvert d'une couche verte d'herbes gluantes. Les lits sous les tilleuls, sur lesquels nous avions l'habitude de nous étendre, étaient rouillés, les draps des baldaquins étaient toujours là, jaunis, claquant dans le vent. Ils créaient des ombres sur les lits, fantômes des deux fillettes anglaises qui sautaient sur le corps frêle de leur mère fraîchement veuve.

Puis, à l'une des fenêtres à l'arrière de la maison, j'ai aperçu un téléviseur allumé et une femme postée devant. J'ai vu la silhouette se lever, mais avec le contre-jour je ne pouvais la voir distinctement. Je me suis approchée et me suis retrouvée face au visage de Germaine. Voir ces yeux sortis de la tombe se tourner vers moi avec, en fond, des objets aussi triviaux et contemporains qu'un téléviseur et un téléphone m'a abasourdie et fait reculer d'horreur. Elle n'était pas morte ? Ça m'avait semblé être la raison évidente de ces enchères, pourtant.

Je restais pétrifiée, comme une enfant qui a défié sa peur pour aller voir de plus près la maison hantée du village. Alors que je reprenais mes esprits, j'ai entendu un bruit, un craquement, qui a dit « Anna ». Une silhouette noire avec de longs cheveux blancs ébouriffés, se tenait là, sans canne, en équilibre. Germaine. Elle me regardait avec ses yeux bleus, sa peau blanche lavée à l'eau claire.

« Que tu es grande et belle ! Comment tu t'appelles ?

— Anna. »

Était-ce un petit animal qui avait murmuré mon nom à mon oreille pour que je me retourne et la découvre debout, face à moi, elle dont les os ne pouvaient presque plus la soutenir ? Elle ne cessait de répéter mon prénom. Elle insistait sur le *a* et sur les deux *n* et prononçait le second *a* différemment du premier. Comme si elle redécouvrait à chaque millième de seconde mon prénom, l'étrangeté de ses lettres. Elle est rentrée dans sa maison en répétant fébrilement tous ces *n* et ces *a* entremêlés. Elle s'est assise sur le canapé et a allongé une de ses jambes dessus. Sa culotte blanche est apparue sous sa jupe noire soulevée. C'était innocent et enfantin.

Elle m'a dit :

« Tu es immense, beaucoup trop pour le pouf... Essaie le tabouret, oh non, tu vas chavirer, tu es immense, attention ! Je t'ai connue toute petite. Moi j'ai quatre-vingt-quatre ans, mais tout le monde dit que je ne les fais pas » (elle qui ne devait plus voir personne). Elle m'a montré sur son téléphone une photo de son fils mort quelques années plus tôt et s'est adressé à lui : « Regarde qui est là, Anna est revenue, elle est très grande, mais moi je l'ai connue toute petite ! » Elle a embrassé son écran comme si elle pouvait retrouver la sensation de la joue de son fils, comme moi avec la main de mon père, puis elle a rangé son téléphone dans sa poche.

« Tu as quel âge ?

— Dix-neuf ans.

— Chapa, elle, a six ans, a-t-elle dit en désignant sa chienne au poil gris et dru. Elle a un peu les mêmes yeux que toi, ils cachent plein de pensées. Il ne lui manque que la parole, à cette chienne, comme à tes yeux. Tu as les mêmes yeux que quand tu étais toute petite. Il faudra bien penser à fermer la porte pour que Chapa n'aille pas sur la route, j'ai tellement peur ! Tu es sûre que tout est fermé ? Je t'aime, ma petite Chapa, tu as vu qui est là ? C'est Anna, je l'ai connue toute petite ! »

Soudain, elle s'est écriée, comme outrée : « Mais il fait quoi, ton père ? » L'espace d'un instant, j'ai fait comme s'il n'était pas mort. Rare moment béni où l'on peut assouvir sa folie et ressusciter les morts, ne serait-ce qu'une minute. J'ai fini par céder et lui avouer qu'il était mort.

« Ah bon ? Ah oui, c'est ça… Mon mari et mon fils aussi sont partis. Mon mari était italien, mais on s'est rencontrés à Paris. C'est à Paris que j'ai connu ta mère, elle n'était pas si grande à l'époque, mais toi tu étais vraiment toute petite, tu n'existais même pas. Dis donc, pourquoi tu restes avec moi, tu veux me faire la conversation ?

— Oui.

— Oh, tu me fais plaisir, mais tu n'oublieras pas de fermer la porte pour que la chienne n'aille pas sur la route, c'est ma plus grande peur, qu'elle devienne compote. » Elle l'a fixée longtemps et a dit : « Oh, tu es tellement grande, alors qu'avant tu étais toute petite ! »

J'ai pensé qu'elle nous confondait un peu.

Quelques minutes après, elle m'a regardée et a dit dans un sursaut : « Mais où est ton père ? » Puis, comme pour me sortir de ma torpeur, elle a supposé : « Il est sûrement avec mon mari, ils doivent encore faire le tour de la maison, ça prend des heures… »

Elle non plus, je ne savais pas véritablement où elle se trouvait. Elle parlait à son fils mort comme s'il était à côté d'elle, mais elle souffrait d'être si éloignée de lui, collée à ce foutu sol qui ne lui appartenait plus.

Dans la pièce où vivait désormais Germaine avaient aussi été installés une petite cuisine et un coin salle de bains, comme dans une maison de poupée. Les autres pièces ne lui servaient plus que de dépôt pour ses souvenirs. Elle y avait amarré toute son embarcation d'objets, de pensées, de moments, le grand navire de son esprit, et toutes ces personnes dans la cour étaient en train de la dépecer en silence, de lui ouvrir le ventre avec soin et de lui enlever chacun de ses organes vitaux, tout ça derrière son dos. En sortant de la maison, j'ai entendu la voix d'une femme que je connaissais depuis longtemps, une ancienne amie de ma mère que j'aimais bien. Elle se plaignait, beaucoup trop fort, qu'on ne lui ait pas fait de prix alors qu'elle connaissait Germaine depuis si longtemps. Germaine, seule dans sa pièce, perdant la boule – sa « boule », elle l'avait mise dans tous ces objets et on était en train de les éparpiller. Le lendemain, tout aurait disparu, et quand elle s'en apercevrait, au lieu de lui dire la vérité, on mettrait ça sur le dos de sa sénilité : « Mais non, Germaine, tout est encore là ! » « Mais non, Germaine, il n'y a jamais rien eu dans ces pièces ! » De si grandes pièces vides pour une toute petite femme à qui l'on mentait parce qu'on pensait qu'elle ne vivait plus que dans les secondes où elle était consciente et que n'existait plus pour elle le temps long du souvenir. Je me suis vite enfuie avant qu'on ne me prenne pour la complice d'un homicide involontaire.

# Chapitre 26

J'étais de retour à Paris après trois semaines d'absence, jour pour jour. Je devais passer voir Molly dans son nouvel appartement mais il était encore un peu tôt. Elle habitait à présent près d'un café où nous allions souvent avec ma mère et la bande d'amis qui nous entourait jour et nuit après la mort de mon père. Je ne voulais pas retrouver mon père, seulement revivre ma vie d'enfant après sa mort, ces tentatives d'effervescence contre le vide. C'était un vieux café, pas trop chic, il y avait encore des personnes du quartier qui le fréquentaient. J'adorais y aller parce que, lorsqu'on demandait un café crème, on nous apportait un pot de café sorti de la vieille machine, qui sentait merveilleusement bon. Ça me rappelait notre maison en Italie, quand je me réveillais plus tôt que les autres et qu'il faisait déjà une chaleur assourdissante sur la terrasse de la cuisine. Le café noir était accompagné d'un petit pot de lait et on pouvait faire son propre mélange, c'était comme jouer à la dînette.

J'étais sûre qu'après la mort on revenait dans le lieu de son choix. Je ne savais pas celui qu'il avait choisi, je le voyais dans un bon restaurant de poisson, au bord d'une route italienne, près d'une ruine pas très connue mais touchante. Je pensais que si je devais hanter un lieu, ce serait une vieille brasserie où les familles vont le dimanche. Une petite fille plus sensible que les autres percevrait peut-être ma présence. Elle douterait d'abord, puis elle tisserait une relation avec moi en me jetant simplement quelques coups d'œil complices, et cette expérience la rendrait profondément différente. Peu à peu je disparaîtrais en devenant de plus en plus transparente, en lui laissant de plus en plus de place. C'est drôle, quand je me voyais en fantôme, je me voyais comme une très vieille dame, toute fripée, pouvant cacher des billets de cinq dans le creux des rides sous ses yeux, alors que j'avais toujours cru que je mourrais jeune. J'aurais pu aussi me voir comme une très jeune fille, dans une longue robe blanche, les cheveux mousseux, une sorte d'Ophélie noyée et parfaitement conservée.

Avant de gâcher la vie de cette pauvre fillette, il fallait d'abord que je trouve cette vieille brasserie et que je la sonde afin de savoir s'ils avaient encore de la place pour accueillir de nouveaux locataires. La seule chose que je détestais, c'était choisir ma table.

Une fois que j'ai eu fini mon café crème, il était l'heure d'aller retrouver Molly. Elle était au milieu d'un immense bordel, un amoncellement d'affaires à ranger, à classer, à trier. Elle était assise par terre, plongée dans un cahier, en dessous de ses étagères partiellement mises en ordre. Je lui ai demandé ce qu'elle était en train de classer :

« J'ai quatre types de cahiers.

— Quoi ?

— Je gère juste mon héritage.

— Hein ?

— Je trie les informations qui seront léguées à la postérité.

— Tu es folle, Molly.

— Non, ça m'a traumatisée quand on a ouvert les affaires de papa. Au bout d'un certain temps, ceux qui sont encore sur terre n'ont plus de respect pour l'intimité du mort. Regarde, toi, aujourd'hui, tu passes ton temps à chercher, à recueillir des histoires qu'il a souhaité garder secrètes toute sa vie, tu veux connaître tous les recoins de son existence. On donne des coups de marteau dans ses malles, on se partage ses agendas, on les ouvre sans scrupule comme si c'était notre droit le plus absolu, comme si sa vie nous appartenait.

— Tu as raison, moi aussi ça m'a frappée. C'est étonnant qu'on se permette de faire ça, alors même qu'on se dit qu'il nous voit sûrement de là où il est. Si on le faisait de son vivant, on aurait une chance de le faire incognito, mais là on sait qu'on est obligatoirement prises en flagrant délit.

— C'est parce que ses carnets et ses secrets sont mélangés avec des choses qui nous reviennent car c'est notre héritage. Depuis ce week-end où nous avons déballé toutes ses affaires, je suis obsédée par l'idée que je peux mourir à tout moment sans pouvoir contrôler ce que deviendront mes journaux intimes. Maintenant, dès que j'écris mon journal, censé être intime, je pense à ceux qui le liront. Il y a certaines choses que j'écris pour qu'on s'en souvienne, et d'autres pour les sortir de ma tête parce que je ne parviens pas à avancer en les portant en moi. Parfois j'écris des horreurs que je ne pourrais dire à personne, et ça me libère. Je peux me plaindre sans que quiconque essaie de me remonter le moral ni de me faire changer d'avis. L'avantage, c'est qu'on réussit à trouver des contre-arguments à la longue, après avoir essoré le problème dans tous les sens, mais je ne veux pas qu'on garde cette image de moi en lisant mes journaux après ma mort.

— Oui, mais une fois que tu seras morte, les gens s'en foutront, de tes secrets, de tes méchancetés, ils auront même envie de t'entendre encore te plaindre ! ai-je dit pour la rassurer.

— Non, la parole d'un mort est toujours considérée avec plus de sérieux. Et si quelqu'un lit quelque chose qui le concerne, je me retrouve dans une embrouille *post mortem* à laquelle je ne peux même pas répondre, et l'autre ne se concentrera plus que sur ça. Il remettra tout en question sans considérer que j'ai écrit ça à un moment donné et que mes pensées ont pu changer dix minutes après, ce qui était certainement mon but en l'écrivant. Il ne comprendra pas que toutes ces choses ont bien peu d'importance, maintenant que je suis en paix au paradis !

— Bon, et en quoi ton rangement va y changer quelque chose ?

— J'ai décidé de classer mes journaux en quatre catégories : mes journaux sociologiques sur les gens que j'observe dans la rue, que, j'espère, tu légueras aux Archives nationales ; ceux remplis d'idées brillantes que je peux montrer de mon vivant ; ceux qui racontent ma vie quotidienne et qui intéresseront peut-être quelqu'un quand je serai morte ; et puis ceux honteux, méchants, crades, inquiets. Étonnamment, ce sont ceux-là les plus grands, parce que quand on est énervé, on a besoin de place pour écrire vite et mal. Ceux-là, j'aimerais que tu les brûles à ma mort. (Cela expliquait pourquoi Molly était tout le temps chargée comme un âne.) Qu'importe la façon dont je mourrai, a-t-elle poursuivi, et surtout si je me suicide, n'essayez pas de chercher une raison dans tout ça ! Non, mais je ne rigole pas, Nanella ! Promets-moi. »

Elle avait l'air très sérieuse, elle semblait essoufflée alors qu'elle n'avait pas bougé.

« Je les brûlerai tes cahiers, ne t'inquiète pas...

— Merci, Nanna.

— C'est drôle, toi tu gardes des pensées, moi je garde des objets.

— Tu gardes quoi comme objets ?

— J'ai une petite boîte à souvenirs – et je te tue, moi, si tu la brûles ! Dedans, il y a une boule à neige avec une photo de papa et moi, je porte mon costume de princesse et lui semble très fatigué, ce devait être la dernière année de sa vie, il est pâle et a l'air ébloui alors que la photo a été prise à l'intérieur ; il y a son foulard qui représente une scène de chasse en vert, rouge et marron ; une photo de nous cinq devant une grande conque gravée à l'époque romaine sur l'un des édifices de la via Appia qu'il était le seul à connaître, j'avais des bottes de pluie et un short en plein mois d'août ; sa lotion pour les cheveux pour me rappeler son odeur ; une photo des trois sœurs avec lui dans son bureau ; la jupe en flanelle grise qu'il m'avait offerte ; et enfin une photo de sa mère en noir et blanc, elle regarde vers le bas, d'un air très tendre, comme si elle veillait sur quelqu'un.

— Ça se complète bien, on pourrait faire un musée avec tes objets et mes textes : le musée de la Vie quotidienne de deux orphelines. »

# Chapitre 27

Un soir, j'étais chez une amie que je venais de rencontrer, nous nous étions installées dans la cuisine, quand son père est apparu, un vrai papa jean-baskets qui rentrait du sport. Il a pris de l'eau dans le frigo et d'un air distrait m'a dit qu'il avait connu mon père. Il le croisait souvent la nuit, aux Bains Douches notamment. Mon père était un tel mythe dans cette boîte qu'il y avait, accrochée derrière le bureau du patron, une photo de lui, immense, très solennelle, où il était assis sur une chaise, en costume, avec un fez sur la tête.

Je trouvais cette anecdote drôle, même si ça m'énervait qu'il ait fréquenté les mêmes endroits que ces fêtards sans but qui me déprimaient tellement, tant me dégoûte cette espèce de gaieté baveuse, un peu provocatrice.

« Surtout, j'étais avec lui le soir de sa mort », a alors dit le père de mon amie.

Cette phrase m'a percutée.

Il a poursuivi : « Enfin je n'étais pas vraiment avec lui, j'étais dans la même boîte de nuit. Il était au bar, seul, je ne sais pas ce qu'il avait pris ce soir-là, il était tout pâle, un fantôme, le regard vide, il était très inquiétant. »

Mon pauvre père, ça me crevait le cœur de l'imaginer comme cela, d'imaginer qu'il avait vécu ainsi ses dernières heures.

« Il est parti très tard, il filait un mauvais coton, ça se voyait. »

J'étais stupéfaite, il serait donc mort la nuit ? On m'avait toujours raconté qu'il était mort tôt le matin, au moment de partir en Italie, son pays natal. Il était mort la nuit ? après une fête ? d'une overdose ? Non seulement je ne savais pas qui il était, mais je ne savais pas vraiment non plus de quoi il était mort, ma tête commençait à tourner sérieusement.

En sortant de chez mon amie, j'ai immédiatement appelé Arnoldo, l'ami de mon père que j'avais rencontré à Rome et qui m'avait tout révélé au sujet de la drogue. J'avais réussi à trouver un petit trou, et à présent, je déchirais le tissu en me demandant pourquoi je faisais ça. Pourquoi défaire la tapisserie la mieux tissée du XXI^e^ siècle ? J'étais incapable de réfléchir.

« Oui, il rentrait de boîte de nuit, m'a dit Arnoldo. Ce jour-là votre ascenseur était en panne. Il est monté par l'escalier et je crois que son corps ne l'a pas supporté. »

En effet, il était mort sur le palier. Je comprenais maintenant pourquoi ma mère avait voulu qu'ils habitent dans deux appartements séparés ; elle nous avait ainsi évité de trébucher sur son corps, un matin, en partant à l'école.

« Tu te rends compte, un simple ascenseur ! C'est quand même dingue, la vie ! Tu te rends compte ! Quand on dit que notre vie ne tient à rien ! » a poursuivi Arnoldo.

À cet instant, j'étais encore dans la cage d'escalier anxiogène du papa fêtard de ma nouvelle amie, quelle ironie !

« C'est ce qui lui a provoqué une crise cardiaque, a dit Arnoldo. Ça se voit quand les gens meurent d'une crise cardiaque, ils font une tronche atroce, c'est pas joli à regarder, ils sont figés, comme dans un cri, presque déformés. »

L'horreur de la mort de mon père, sa souffrance insoutenable qui avait tout fait craquer.

Les phrases d'Arnoldo résonnaient dans ma tête, je ne pouvais m'empêcher de penser : C'est vrai ça. Et si ce foutu ascenseur n'avait pas été en panne, où en serait-on ? Si l'on avait continué de vivre dans cet appartement, aurait-on pu être là, à temps, pour le sauver ?

Ascenseur ou pas, c'était trop tard. J'étais tellement mal, ici, dans cette cage d'escalier où la lumière avait fini par s'éteindre. J'avais envie d'être chez moi. J'avais besoin de me retrouver dans un environnement où tout me soutenait, où tout était accueillant et le moindre meuble bienveillant. J'avais envie d'être protégée, couchée dans un lit d'enfant avec un chocolat chaud, un doudou et un dessin animé. PRÉSERVEZ-MOI.

Je suis rentrée chez moi et je me suis écroulée de fatigue, d'épuisement après avoir trop pleuré. Au matin, quand je me suis réveillée, je me suis aperçue que Molly était passée. Elle avait éparpillé des roses jaunes un peu partout dans ma chambre, elle savait comme je les aimais, ces taches de soleil. Elle m'avait aussi préparé un petit déjeuner avec des tartines et de la marmelade d'orange, celle qui laisse quelques morceaux d'écorce râpeuse sur la langue et dont l'amertume me ravit. Assise en tailleur dans mon lit, j'ai pris une tartine et je l'ai mangée, les yeux dans le vide, avec l'impression que toute cette soirée avait été un immense cauchemar. Pendant un temps, j'ai arrêté de penser à mon père.

# Chapitre 28

Je suis restée durant des mois sur ces dernières images de la mort de mon père, si seul. Un matin de la fin juin, Dean m'a appelée, il était dans une maison à Florence et m'a parlé de fêtes italiennes où il allait, de ses balades au bord de l'Arno après le travail. Je me sentais bien, rien qu'à l'entendre évoquer la lumière toscane, les déjeuners au milieu des oliviers, au-dessus de la ville. Après avoir raccroché, j'ai étendu mon linge, en tee-shirt culotte, sous la chaleur. J'avais acheté des pinces à linge multicolores car elles me rappelaient celles de mon enfance dans notre maison sur la côte amalfitaine ; elles étaient si usées par le soleil que, si on jouait avec quelques secondes, elles se cassaient. Toute à la joie d'avoir parlé à Dean en ce premier matin d'été, je me suis mise à chanter un air d'opéra avec une voix de faux ténor. Le première fois que ma mère m'avait entendue, elle avait été surprise et m'avait révélé que mon père faisait la même chose. Ça m'a fait sourire. Je ressemblais un peu à mon père. Moi aussi je voulais être italienne, connaître chaque ville de ce pays, y avoir des amis, me sentir proche de lui, de façon simple. Et ce n'est pas parce qu'il n'était pas Laurent le Magnifique qu'il n'en était pas moins mon père.

Je n'avais rien de prévu pour les vacances à cause d'une incapacité chronique de planifier quoi que ce soit. J'ai donc rappelé Dean, qui m'a encouragée à venir à Florence en me disant qu'il m'attendait. J'ai acheté un billet et je suis partie quelques jours plus tard pour un été italien.

Le seul vol que j'avais trouvé à un prix intéressant était à destination de Rome, tous les autres étaient complets. Dans mon sac, je n'avais mis que des livres, je n'avais pas pensé qu'il serait trop lourd pour être accepté en cabine. J'ai donc demandé discrètement à des passagers d'en prendre quelques-uns, j'en ai posé d'autres sous la poubelle derrière la balance, et je les ai tous récupérés dans la queue de l'embarquement. Je voulais avoir avec moi des livres d'histoire, mais aussi des livres qui m'évoquaient le mode de vie de mon père, ou qui me faisaient rêver à une vie à moi là-bas.

En arrivant à l'aéroport de Rome, j'ai cherché l'habituel panneau publicitaire où il est inscrit

« *Benvenuto a casa* » – je lui lançais toujours un grand sourire comme si on se connaissait personnellement. Je me suis dirigée vers la sortie et suis montée dans un taxi. Le chauffeur était un vieux monsieur voûté, qui conduisait presque allongé, comme s'il tentait d'exercer une sorte de force contraire pour se maintenir en vie. Il écoutait de la musique italienne très fort, ça, c'est sûr que ça maintenait en vie ! J'ai éprouvé une grande joie en voyant l'autoroute italienne et en sentant le vent chaud. Il était 14 h 40, mon train pour Florence était à 16 h 45.

J'ai regretté un instant de ne pas rester davantage à Rome, mais j'étais heureuse de m'y sentir tellement chez moi que je pouvais me permettre de ne faire qu'y passer ! J'ai pensé à mon père, il habitait désormais cette ville pour l'éternité. J'ai cherché l'adresse sur mon téléphone et j'ai vu que nous étions à une vingtaine de minutes de là. Je me suis penchée vers le chauffeur, dont la tête était toute proche tant son dossier était baissé, et je lui ai dit : « Tout compte fait, je vais au cimetière de Campo Verano. » Je n'étais pas totalement certaine que c'était le bon, mais les photos que j'avais trouvées me rappelaient des souvenirs. Le chauffeur m'a regardée avec un air ahuri et fatigué : « Mais c'est à l'opposé, il faut faire demi-tour.

— Mon père y est », ai-je répondu.

Il a alors redressé son siège et s'est mis à conduire comme un ambulancier.

En arrivant sur le parvis, il a ralenti, s'est tourné vers moi et m'a dit doucement : « Campo Verano, c'est une véritable cité des morts. » J'ai payé la course et, sous les encouragements du chauffeur, je me suis élancée vers l'immense portail, mais mon gros sac m'a stoppée dans mon élan. Deux fleuristes m'observaient depuis leur cabane en tôle et m'ont crié : « Eh ! On te le garde, nous, ton gros sac ! » Je me suis approchée d'elles, d'un pas déjà épuisé :

« C'est très gentil, mais malheureusement je ne peux pas accepter, je n'ai plus de sous pour acheter de fleurs, je viens de donner toute ma monnaie au taxi…

— Mais on s'en fout, si tu viens jusqu'ici aussi lourdement chargée, c'est que ce doit être important ! » m'ont-elles répondu en m'enlevant le sac de l'épaule.

Alors que je les remerciais, l'une d'elles est partie à l'arrière et m'a tendu en revenant une fleur plantée sur un socle humide en polystyrène : « Pour que tu puisses fleurir sa tombe », m'a-t-elle dit.

Son geste m'a serré la gorge. Très émue, je suis entrée dans le cimetière et j'ai couru à travers les allées sans me poser de questions ; je reconnaissais tout, je savais qu'il fallait monter en haut de la butte à droite, tourner là, j'avais refait ce chemin en rêve des centaines de fois, j'avançais rapidement, mais peu à peu, tout a commencé à se troubler. Mes cauchemars et ma mémoire se mélangeaient. J'étais perdue. Dès que je m'étais mise à réfléchir, tout s'était effondré. Quelle butte ? Où tourner ? Je me sentais idiote, j'entendais encore le chauffeur de taxi : « *È monumentale.* » J'allais mettre des heures à passer en revue les milliers de tombes sans jamais trouver mon père. Je scrutais les allées vides comme si elles avaient quelque chose à me dire, comme si un bras allait sortir d'un bosquet pour me montrer une direction. Mais rien. Mes sœurs ne pouvaient pas m'éclairer, ma mère encore moins, elle me répétait en marmonnant des indications peu précises au téléphone. Ce cimetière était trop grand, mes souvenirs étaient trop lointains. J'ai rebroussé chemin, défaite.

Alors que je m'approchais du portail, j'ai aperçu la loge d'un gardien et j'ai osé aller lui demander s'il savait où se situait le caveau de ma famille. Je m'imaginais que j'allais tomber sur un nerd des cimetières. J'espérais qu'en lui parlant de ma famille si présente dans ce cimetière, et si peu dans ma vie de tous les jours, cela lui évoquerait quelque chose. Évidemment non : lui, il ne connaissait que les stars. Cependant, il voulait absolument m'aider :

« Vous savez s'il est près de Marcello Mastroianni ou plutôt du côté des westerns spaghettis ?

— Question caractère, entre les deux, géographiquement je n'en ai aucune idée. »

Avant d'abandonner, j'ai appelé l'ancien secrétaire de Vittorio. Par miracle il se souvenait du numéro du caveau. Je l'ai donné au gardien, qui m'a tout de suite répondu : « Aaaaah, mais fallait le dire, c'est juste à côté de Silvana Mangano ! Tournez à droite à Vittorio De Sica, passez devant Luigi Longo, continuez toujours tout droit, et enfin tournez à gauche après Sibilla Aleramo. »

J'étais tellement euphorique d'avoir eu le numéro que je me sentais surpuissante et que j'en ai oublié d'écouter les indications. En moins d'une minute, j'étais de nouveau perdue.

Heureusement, au détour d'une allée, près de la seconde entrée de la cité des morts, il y avait une autre loge de gardiens. Deux femmes l'occupaient. L'une petite, masculine, avec une sorte de kyste aussi gros qu'un œuf au-dessus de la lèvre, était très agressive et parlait un dialecte incompréhensible. La seconde, plus douce et maternelle, était immense, avec un débardeur offrant une vue plongeante sur ses seins moelleux qui remuaient davantage que ses lèvres quand elle parlait. Elle avait les cheveux d'un rouge foncé assorti au trait de crayon qu'elle avait dessiné sur les contours de sa bouche refaite, prête à exploser et à faire déferler, sur la femme au kyste et sur moi, un tsunami d'acide hyaluronique. Elle m'a indiqué le chemin très précisément et avec beaucoup de gentillesse. J'ai repris ma route en observant les différents styles d'architecture, les tombes qui dataient de la période fasciste, celles plus anciennes, plus romantiques. J'admirais les allées de pins parasols et de cyprès noirs, cette ville grise, silencieuse, écrasée de chaleur. Quelques véhicules d'entretien passaient ici ou là. Les oiseaux n'avaient plus la force d'émettre le moindre pépiement. Une fois arrivée au bloc qui m'avait été indiqué, je me mis à chercher, m'enfonçant dans les allées, les parcourant l'une après l'autre, longeant les caveaux, examinant chaque sépulture sous le soleil qui m'aveuglait, mais rien, aucune trace de ma famille. J'avais la certitude de ne pas être au bon endroit, ça ne ressemblait pas aux images qui me restaient. Que devais-je croire ? Mes rêves ? mes vagues souvenirs ? ou des numéros, des indications précises ? J'étais avec Rosalie en FaceTime, dans cette chaleur accablante, je lui montrais les allées en vidéo, mais le téléphone me glissait des mains et elle ne reconnaissait rien. L'heure de mon train commençait à se rapprocher. Je me suis rappelée que derrière notre caveau il n'y avait plus de tombes, que c'était la fin du cimetière, qu'il n'y avait qu'une haie d'arbres, mais ça aussi, je l'avais peut-être inventé.

J'ai avancé de quelques mètres en faisant fi du murmure et le caveau est apparu. Je retrouvais tout : la montée, l'allée qui menait à la tombe, les cyprès derrière. J'avais enfin retrouvé la tombe de mon père, avec mon nom gravé dessus.

Toute ma famille était là, hors de terre, à ma hauteur, cachée derrière une simple plaque de marbre. Je n'ai pas pu m'empêcher de me représenter leurs corps en décomposition et je me suis même surprise à compter les places restantes. Je me suis assise sur un bac devant et j'ai imaginé mon père remontant comme moi les allées du cimetière pour venir voir sa mère. Puis je l'ai vu, adulte, longeant ces mêmes allées qui avaient hanté son enfance, cette fois-ci pour accompagner son père. Le caveau était très clair, tel un temple grec. Il était abrité par un gigantesque bananier, très surprenant dans ce cimetière planté de grands arbres à la Léonard de Vinci. En regardant le soleil qui perçait à travers ses feuilles, je me suis mise à pleurer. Mes larmes ne pouvaient pas être plus chaudes que mes joues déjà brûlées par cet après-midi caniculaire. J'ai tourné la tête et j'ai aperçu une benne à ordures, très profonde et noire, placée juste devant chez nous, et le grotesque de cette situation m'a fait rire. Tout à mon émerveillement premier, je ne l'avais pas remarquée. J'ai utilisé le peu d'énergie qu'il me restait pour la pousser de tout mon corps quelques mètres plus loin. Puis j'ai déposé ma fleur et embrassé la pierre du caveau, grasse de chaleur. On ne sait jamais quand partir, dans ces moments-là, mais si je ne voulais pas rater mon train, je devais m'arracher à ce temple. J'ai regardé une dernière fois ces grandes allées vides et je suis sortie du cimetière – contrairement aux autres membres de ma famille.

En traversant le parvis pour retourner à la cabane des fleuristes, je vacillais. Mes pieds étaient engourdis, le soleil tapait sur mes tempes, et j'avais le ventre vide. Les deux femmes m'ont rattrapée à la dernière seconde et installée sur une chaise en plastique. Je me suis imaginé rester là, changer de destinée, vivre toutes mes journées au plus proche de mon père et vendre des fleurs aux gens comme moi. Les fleuristes ont partagé avec moi un sandwich à la mortadelle et à la mozzarella parfaite, juteuse et caoutchouteuse à la fois. Je les observais, elles avaient toutes les deux la peau fripée par le soleil et portaient des claquettes de piscine en plastique d'où leurs orteils débordaient pour venir gratter le bitume. Elles étaient vêtues de robes à fleurs qui leur allaient très bien et moulaient chacun des bourrelets de leurs ventres superbes. Elles n'étaient pas maquillées, pas coiffées. Même si elles arboraient les mêmes signes de vieillesse, l'une paraissait plus âgée que l'autre, mais je ne parvenais pas à en identifier la raison, elle ressemblait vraiment à un arbre ancien et paraissait plus sage.

J'étais là depuis une vingtaine de minutes, et pourtant je n'avais encore vu aucun client. Elles m'ont proposé d'appeler un taxi et se sont relayées, sur leur téléphone fixe, pour hurler sur le chauffeur qui n'arrivait pas. Au loin, j'ai aperçu à côté d'un campement rom une ligne de tramway. Elles ont refusé catégoriquement que je m'en approche, comme si elles étaient deux vieilles tantes à qui l'on m'avait confiée après qu'on eut déposé mon père au cimetière. Elles ont continué à vociférer, s'indignant du retard du taxi et criant dans le combiné : « Arrêtez de vous plaindre de ne pas avoir de travail, si vous n'êtes même pas capable de venir quand on vous le demande, espèce d'imbécile ! » Je n'arrivais pas à imaginer comment ce téléphone rouillé, caché à l'arrière de la cabane, pouvait encore marcher, mais je n'avais plus l'énergie de m'inquiéter et j'attendais là, immobile, m'en remettant complètement à elles, sans même faire un geste quand des abeilles voulaient me butiner comme les fleurs exposées autour de moi. Je suis finalement sortie de ma léthargie lorsque je me suis rendu compte que mon train partait dans une vingtaine de minutes, et j'ai appelé un taxi qui est arrivé aussitôt. Elles n'ont rien compris à mes explications, abreuvant toujours d'injures le pauvre chauffeur croyant qu'il était celui qu'elles avaient appelé. J'ai sorti la tête par la fenêtre de la voiture et nous nous sommes fait de grands signes d'au revoir, comme si je partais de la maison pour aller faire mes études à la capitale. Un jour je retournerai les voir, avant qu'elles aient fondu au soleil. J'achèterai un bouquet pour fleurir le caveau et on se délectera à nouveau de ce sandwich à la mortadelle et à la mozzarella qu'on ne trouve que là-bas.

Je suis arrivée une minute avant le départ de mon train pour Firenze Santa Maria Novella, mais j'ai évidemment pris le mauvais. La destination était la même, l'horaire de départ aussi, mais il mettait bien plus de temps. Ça n'avait pas d'importance, je pourrais voir chaque détail du paysage, chaque bufflonne paissant dans les champs, chaque maison surplombant les collines du Chianti.

J'ai traversé tout Florence à pied dans la lumière orange du soir pour me rendre à l'endroit où je logeais. J'avais un lit rond et une immense fenêtre qui donnait sur une ruelle. J'ai ensuite rejoint Dean, qui m'attendait à une table couverte d'antipasti. Je lui ai raconté en détail ma journée, mon énergie retrouvée à l'idée de devenir italienne. Nous avons mangé et bu des *amari* en récompense de mon périple, tout en parlant au cuisinier qui était en fait le batteur d'un groupe italien des années 1970 que seul Dean connaissait et qu'il paraissait adorer.

Le lendemain, je suis allée seule aux Offices, le musée était entièrement vide. J'ai passé des heures dans les salles du Moyen Âge, quelques minutes dans d'autres, j'ai vu la lumière baisser dans la galerie principale qui s'ouvre sur l'Arno et le Ponte Vecchio, j'ai admiré la perspective sans personne pour la troubler, j'ai même couru dans certaines salles. Je suis restée à peu près cinq heures à me gorger d'œuvres d'art. Puis j'ai rejoint Dean chez lui via dei Pandolfini. Sa rue était en travaux et il fallait marcher sur de longues planches, c'était un sentiment agréable, marcher sur du bois doux avec le vide en dessous, ça me rappelait les pontons de plage.

Dean habitait avec d'autres artistes dans une résidence aux chambres très hautes de plafond, avec des murs à la peinture délavée, des lits par terre aux draps blancs, défaits, encore chauds. Dans une des chambres, une jeune Iranienne peignait des miniatures et préparait des mélanges de pigments dans des coquilles d'huîtres. Dean ne s'intéressait pas véritablement à sa peinture, mais il adorait ce détail-là qu'il voulait me montrer. Dans la petite cuisine, nous avons parlé avec une jeune femme d'Anvers. Elle prenait une pause en buvant un café qui avait l'air d'être là, posé sur la table, depuis le matin, et que j'aurais bien pu confondre avec l'eau de ses pinceaux. Elle faisait de la peinture avec de la terre qu'elle avait apportée d'Anvers dans ses valises, puis mélangée avec de la terre qu'elle avait ramassée sur les bords de l'Arno. Un de ses tableaux ressemblait à une grande vulve. Quand je le lui ai dit, croyant que j'en avais trouvé le sens sous-jacent, elle m'a répondu que non, c'était purement abstrait. Dean et moi nous retenions de partir dans un fou rire incontrôlable, quand la jeune peintre iranienne est apparue, ce qui nous a sauvés. Elle avait un très beau visage, des lèvres pulpeuses et bien dessinées qu'elle refermait avec un léger effort, semblait-il, en mettant une petite pression sur ses deux lèvres tout en gardant un visage très apaisé. Nous avons discuté toutes les deux pendant que Dean échangeait avec la femme à la vulve inconsciente. Je lui ai expliqué la raison de ma présence à Florence, la quête de mon père, historien de l'art, aujourd'hui mort. Elle a eu alors une vive réaction que je n'avais encore jamais connue. Au lieu de l'éternel

« je suis désolée », elle m'a demandé : « Et tu as été triste ? »

Je suis restée pantoise quelques secondes. J'avais deux interprétations. Soit elle n'avait rien compris, c'était trop loin d'elle et elle ne concevait même pas ce qu'on pouvait bien ressentir dans une telle situation. Soit par une question qui paraissait naïve, elle montrait au contraire qu'elle avait tout saisi mieux que personne et savait que la mort ne provoque pas que de la tristesse, mais aussi de nombreux sentiments contradictoires. Elle était de ceux qui comprennent que l'on peut rire aux enterrements.

« Oui, j'ai été triste et je le suis encore. Mais ça m'a donné un rapport plus spirituel aux choses, j'ai l'impression que ça m'a dotée de sensibilité, d'intuition et d'imagination. Je pense aussi que cette mort m'a fait relativiser les choses de la vie, qu'elle m'a permis de la vivre plus simplement, sans me prendre la tête avec des bêtises. Et puis ça m'a appris l'importance de préserver les relations avec mes proches, de penser à passer du temps avec eux sans considérer qu'ils seront toujours là dans le paysage. Dans un sens ça m'a appris à savoir apprécier la vie tant qu'elle est encore là. C'est presque un pouvoir magique, on n'a plus peur de sa propre mort. »

Emportée par ma logorrhée, je lui parlais en regardant totalement ailleurs. Quand je me suis arrêtée, j'ai tourné les yeux vers elle et je l'ai vue complètement pétrifiée. J'étais allée beaucoup trop loin. J'aurais dû apprendre avec le temps que souvent les gens posent des questions sans souhaiter qu'on y réponde, ni qu'on leur livre ses véritables sentiments. Elle a hoché la tête d'un air inquiet et s'est détournée pour ne plus me parler. Je m'en voulais : pourquoi en révélais-je toujours trop sur moi ? Pourquoi détaillais-je toujours tout ?

Le lendemain, Dean et ses amis sont partis pour quelques jours chez leur ami Martino dans la campagne toscane. Je n'ai pas voulu les suivre. J'aspirais à continuer mon voyage seule. Je suis allée dîner dans la trattoria où mon père allait à Florence, où ils se retrouvaient avec mon grand-père. J'ai réservé pour deux en sachant très bien que je serais seule, je n'osais pas réserver une table pour une personne. J'aurais très bien pu ne pas réserver, mais je voulais être certaine d'avoir une place. Je pensais aussi qu'en donnant mon nom au téléphone, j'aurais peut-être la chance de tomber sur un serveur qui aurait connu mon père et qui pourrait me parler de lui. Par ailleurs, comme mon nom était répandu en Italie, la personne qui m'accueillerait imaginerait certainement que je menais la vie dont je rêvais, une vie dans une famille nombreuse italienne. Elle ne saurait rien de la mort de mon père, ni des causes de sa mort. J'aurais ainsi l'opportunité de rêver quelques secondes que j'attendais mon père et mon grand-père pour qu'on dîne tous les trois.

C'était une vieille trattoria très belle, tout en longueur, avec, sur chaque mur, des photos de tablées, des dessins et des peintures de Florence, des lettres avec un entête du « Club des sans clubs », des cartes postales (certaines accrochées du côté image, d'autres du côté texte), d'anciennes photographies de la reine d'Angleterre et des autographes de la chanteuse Mina. Il y avait enfin, vers le fond, la photo récente d'un homme qui souriait avec beaucoup de bienveillance, sûrement un ancien directeur ou serveur. Il souriait en direction de ma table, alors je lui ai souri en retour. J'ai commencé à me faire des films italiens dans la tête, je me voyais en mafieux, mordant dans des grosses miches de pain et avalant les bouchées en buvant du vin rouge dans un grand verre à eau. Il n'y a que les mafieux qui font de tels mélanges, pour aller plus vite et ne pas rester trop longtemps assis au même endroit afin d'éviter de se prendre une balle. Mélanger ainsi le pain et le vin avait aussi un côté chrétien que j'aimais bien. À la table à ma droite, il y avait une jeune fille raffinée qui ressemblait à Jean Seberg, et ça m'amusait d'être le gros cochon ventru à côté, le vieux mari qui ne sait pas se tenir. Je ne m'imaginais plus retrouver mon grand-père, je m'imaginais être le grand-père.

# Chapitre 29

Finalement je ne suis restée que quelques jours à Florence ; j'avais envie de retourner à Rome où je n'avais passé que quelques heures. J'ai appris le matin de mon arrivée que Germaine était morte. Elle avait révélé qu'elle n'avait en fait jamais perdu la boule et qu'elle mentait depuis le début. Elle avait tout déballé et elle en était morte. Sa chienne était alors sortie par la porte si redoutée et s'était postée en plein milieu de la route pendant une heure, mais aucune voiture ne l'avait percutée et elle était rentrée penaude à la maison. On n'aurait jamais eu le temps d'être triste pour cette pauvre dame. La dernière fois où je l'avais vue, sa maison était mise aux enchères et j'avais cru qu'elle était morte, alors qu'elle ne l'était pas, et maintenant elle était vraiment morte mais l'histoire avait pris le pas sur le personnage. On s'était attaché à elle comme au protagoniste d'un roman qui nous passionne, et à la fin, on avait refermé le livre sur elle.

Dans l'après-midi je suis allée dans le centre de Rome pour rencontrer une femme qui avait connu mon père, m'avait-on dit. Elle attendait que je lui pose des questions mais j'avais du mal à en trouver. Comme ils s'étaient connus enfants, je lui ai demandé de me raconter des souvenirs de cette époque-là. Ils s'étaient souvent retrouvés à des goûters d'anniversaire, m'a-t-elle dit, où ils devaient prendre le thé comme des grandes personnes pendant des heures entières, et mon père était très timide. Elle m'a parlé d'un Noël où il portait des culottes courtes en velours bleu et une chemise blanche avec un col de dentelle. Elle se souvenait de ses grandes oreilles décollées et de ses yeux écarquillés qui suivaient avec plus d'attention que les autres les mouvements des marionnettes du spectacle. Je lui ai demandé si elle se rappelait les cadeaux qu'il avait reçus. Elle s'est offusquée que je puisse imaginer qu'elle se souvienne de ça. Puis elle a continué avec insistance à me demander ce que je voulais savoir. Elle était de plus en plus nerveuse et même un peu humiliante. Soudain, voyant que je me renfrognais, elle a lancé : « Mais quel âge avais-tu quand il est mort ? » J'ai répondu que j'avais six ans, puis j'ai fondu en larmes. Elle s'est excusée. J'ai compris qu'elle ne savait rien de mon père, qu'elle m'avait juste rencontrée par curiosité.

Après l'avoir quittée, je suis allée déposer les papiers que j'avais réunis pour ma demande de naturalisation. Ça a été très compliqué. J'avais le certificat de décès de mon père, mais je n'avais pas son certificat de naissance, et le fonctionnaire ne voulait pas croire que s'il était mort, c'est qu'il était né !

Le soir, j'avais rendez-vous avec Arnoldo. Il m'avait proposé de loger dans l'appartement d'une de ses amies qui était en vacances. Je venais tout juste de rentrer quand il a sonné pour m'emmener dîner. Après avoir roulé quelques minutes, il m'a montré un bâtiment : « C'est l'immeuble des Montini, une des familles les plus riches d'Italie. » Après un bref silence qui m'a laissé le temps de considérer la monumentalité de l'édifice, il a poursuivi : « Ici ils ont fait les plus belles fêtes de Rome avec toute la jet-set, mais aussi des intellectuels, les avocats du Maxiprocesso, et des artistes, Rossellini, Mastroianni, Mick Jagger, Keith Richards, Marianne Faithfull, Anita Pallenberg. Toute l'Italie suivait leurs histoires, comme s'ils avaient été une famille royale. Le père, celui qui avait construit leur fortune, s'est barré un jour avec une top model, Malla Simone. C'est en partie elle qui attirait tout ce monde à Rome. Elle était fascinante. Elle était née en Asie du Sud-Est, dans une ancienne colonie hollandaise dont son père était un des principaux administrateurs. Elle avait des petits yeux de chat et des taches de rousseur sur le nez et les joues. Son premier mari était mort deux mois après leur mariage et elle s'était retrouvée veuve à vingt-deux ans. Par la suite, dans les années 1960, devenue une icône hippie, elle a fréquenté la jet-set à Rome. C'est comme ça qu'elle a rencontré Montini, qui est tombé fou amoureux d'elle. Il était petit, elle était une grande tige avec des cheveux raides et des minijupes, et il la tenait toujours fièrement par la taille, c'est à peu près là où il lui arrivait, a dit Arnoldo en riant. Elle était folle de lui aussi, elle le trouvait sublime alors que tout le monde trouvait ce nabot bien étrange. Les gens ont toujours cru qu'elle était morte seule chez elle, mais ce que personne ne sait, c'est que ton père était avec elle à ce moment-là. »

Arnoldo avait l'air malicieux de celui qui détient un super-ragot. Une soirée pire que celle qu'il m'avait fait passer la dernière fois était donc possible ?

« C'est-à-dire ? ai-je demandé calmement, impassible, dorénavant prête à tout entendre.

— Ils se défonçaient dans une voiture, un soir avec un autre ami, et elle a fait une overdose d'héroïne. »

Malla Simone était morte la même année que Jimi Hendrix, Janis Joplin, Edie Sedgwick et Jim Morrison. Je connaissais tout sur les fêtes, les musiques, les overdoses de toutes ces stars, sur l'assassinat de Sharon Tate morte un an auparavant. Même si Malla était morte dans des conditions terrifiantes, je devais avouer que le fait que mon père avait été là ajoutait à sa légende. Arnoldo a continué :

« Ils ne savaient pas quoi faire, alors ils sont retournés à l'appartement et l'ont mise dans le *closet*.

— Le *closet* ?

— Oui, le *closet* !

— Le vestiaire ?

— Non, l'endroit où on met tous les trucs.

— Le cagibi ?

— Sì, voilà. »

Quoi ? Pourquoi l'avaient-ils mise là-dedans ? Pourquoi l'avaient-ils jetée dans un endroit si humiliant ? Pourquoi ne l'avaient-ils pas déposée sur son lit ? Pourquoi l'avaient-ils laissée tomber en boule ?

« Pourquoi ne l'ont-ils pas emmenée à l'hôpital ?

— Elle était morte, c'était fini.

— Non, une overdose, ça prend du temps. »

Ils ont dû craindre d'être mêlés à un scandale, d'être vus comme des drogués, voire d'être inculpés. Toujours est-il qu'ils ont laissé cette femme mourir, comme des lâches. Je ne voyais plus qu'elle, tremblante, qui bavait sur le siège en cuir d'une voiture pendant que mon père, trop jeune, décidait de son sort. Ils l'ont jetée dans le cagibi. Morte seule dans un débarras. Arnoldo continuait de parler mais je n'entendais plus rien, je ne bougeais plus. Il était tout fier d'avoir révélé son secret que personne ne savait. Il me rabâchait : « Tu dis rien à personne, hein ? Tu dis rien ! »

Ça me faisait si mal de haïr mon père. Cette vie de magouilles de drogués, c'était tout ce qui m'angoissait sur cette terre. Pendant que la terreur m'envahissait, Arnoldo ne cessait de me répéter : « Surtout tu ne le dis pas, on est quatre à le savoir, moi, les deux personnes qui étaient avec elle et qui me l'ont dit, et maintenant toi. Si ça venait à se savoir, je saurai que ça vient de toi. » Je me foutais du scandale, et de toute manière, pour une fois, je ne voulais parler des histoires de mon père à personne.

J'étais glacée. Au retour du restaurant, Arnoldo roulait très lentement et j'avais envie de tirer la voiture rien qu'avec la force de mon esprit pour arriver enfin chez moi.

En rentrant à l'appartement après le dîner, j'ai serré hâtivement Arnoldo dans mes bras, je l'ai remercié poliment, puis j'ai ouvert la porte et l'ai refermée immédiatement derrière moi. Au matin, j'ai pris un billet pour la Sicile, Palerme. Je ne voulais pas rester plus longtemps dans cette ville terrifiante.

# Chapitre 30

Je suis arrivée à Palerme de nuit. J'avais trouvé une chambre dans un vieux palais. Une fois installée, j'ai sorti la part de gâteau au chocolat que j'avais achetée à l'aéroport en me disant que ça rendrait la soirée plus festive, je l'ai mangée seule, ça m'a écœurée. Je suis allée me coucher et j'ai éteint la lumière pour passer le plus vite possible au lendemain. Je suis restée un moment les yeux ouverts dans l'obscurité, à l'extrémité gauche du lit. Il faisait froid tout d'un coup.

Cette femme sur la banquette arrière, ses jambes fines bloquées dans la voiture. J'ai rallumé et fait des recherches sur cette Malla. Elle avait menti sur sa vie : en réalité elle avait vécu une grande partie de son enfance et de son adolescence dans un camp de prisonniers japonais avec ses parents. À la fin de la guerre, elle avait fait une école de théâtre, avait rencontré Noureev ainsi que les plus grands artistes de l'époque, et était devenue une icône. Sa mort avait donné lieu à des enquêtes répétées qui avaient défrayé la chronique. Mon père et son ami avaient dû vivre dans la crainte pendant longtemps. Le mystère n'avait pas été élucidé.

À présent, je n'oserais plus aller dans les églises. Mon père n'était plus digne que j'y aille pour lui parler, et je commençais à croire que son esprit n'y avait jamais été présent. Moi qui le portais depuis toutes ces années, je sentais son poids peser sur mes épaules. Pour la première fois, j'avais envie qu'on arrête de me dire la vérité et qu'on me laisse à mes rêveries. Arnoldo avait encore une fois piétiné mon mythe, sans scrupule. Tout d'un coup, le nom de mon père puait.

Je me suis réveillée dans cette grande chambre palermitaine. Mon père allait bien avec les villes au passé tragique. Les volets intérieurs étaient restés ouverts, je n'avais fermé que les rideaux sûrement fabriqués avec les tissus cousus de plusieurs chemises de nuit.

J'ai ouvert mes fenêtres, ce qui a fait basculer les petits monstres de chaleur dans ma chambre, et dans un même mouvement fait fuir en un clin d'œil les particules de poussière qui quelques minutes auparavant dansaient dans l'air. Ces fées n'étaient là que quand les fenêtres étaient fermées et que nous n'étions qu'entre femmes.

Je suis sortie sur le balcon et j'ai découvert un paysage étrange. Ma chambre donnait sur une cour au milieu de laquelle trônait un palmier vraiment très grand, qui s'achevait par une petite touffe ridicule. J'ai essayé d'avancer, mais le balcon résistait à l'assaillant en me brûlant les doigts de pied. J'ai levé mon pied gauche quelques centimètres au-dessus du sol, en laissant l'autre immobile sur le carrelage froid, et avant que les petits monstres de chaleur aient pu faire quoi que ce soit, je les ai écrasés de toute la longueur de ma plante de pied. Ça m'a brûlée, piquée, j'ai peut-être perdu toute une couche de peau en sautant à cloche-pied jusqu'à la rambarde pour mieux voir la cour. C'était en fait un ancien jardin laissé complètement à l'abandon. Si mon père avait été là, on aurait réussi à dîner avec la vieille grand-mère qui était l'ancienne gardienne du *palazzo* et qui tenait maintenant l'hôtel. Elle nous aurait raconté toute l'histoire de cette famille, comment la plus jeune fille s'était mariée avec un idiot qui travaillait dans un garage et dont personne ne comprenait les phrases, comment la mère s'était empoisonnée et dans quelle chambre elle était morte, comment la plus jeune fille de la maison était devenue sourde alors qu'elle aimait tant la musique. Elle nous aurait raconté que le grand palmier était en fait un des plus jeunes cousins de la famille qui avait été pétrifié puis métamorphosé : il avait eu une histoire avec une très belle femme aux cheveux ébène, il lui avait fait énormément de mal en lui disant qu'il l'aimait et en se ravisant le lendemain quand elle lui avait avoué qu'elle l'aimait aussi. Cette jeune fille était en fait une vieille sorcière qui se rajeunissait de soixante-dix ans tous les mois de mars. Elle lui avait donc jeté un sort qui l'avait mis dans cet état de décrépitude. Mon père se serait rendu compte qu'il connaissait la famille du palais, qu'il avait rencontrée un jour chez un ancien ami à Bangkok, ou que sais-je ? On se serait raconté des histoires sur la Mafia, tout en ne prononçant jamais le nom Cosa Nostra, complètement bourrés dans la cuisine du rez-de-chaussée, et on aurait fini par danser dans la rue avec toutes les gardiennes du quartier au son d'une vieille radio passant des tubes italiens. Mais sans lui, je ne pouvais que me contenter d'imaginer. Tout ce qu'il me restait de toutes ces vies possibles, c'était un père plus mystérieux encore que la famille chez laquelle j'étais, une gardienne à la bouche sèche tant elle ne parlait plus depuis des années, les quelques gestes brusques qu'elle me faisait pour m'indiquer des choses, des rideaux troués et un palmier qui, il est vrai, avait l'allure d'un jeune homme ayant poussé soudainement, en un seul été, sans même avoir eu le temps de prendre le poids correspondant à sa taille.

Je suis descendue prendre le petit déjeuner sur la terrasse. J'avais oublié mes lunettes de soleil et je mangeais en fermant les yeux. J'avais l'habitude de les fermer le matin pour essayer de retrouver mes rêves, j'avais toujours peur de rater quelque chose : et si mon père m'avait rendu visite dans la nuit et que j'étais là à me plaindre de son absence, alors que j'avais juste oublié son apparition ? Et s'il m'avait transmis un conseil tant attendu par le biais d'un songe ? Et s'il m'avait fait faire un rêve prémonitoire pour que je puisse arranger une situation ou bien éviter un événement malheureux ? Je fermais les yeux longuement pour toutes ces raisons, mais je me retrouvais toujours avec des images de rêves délirants, sans queue ni tête. Le pire est que je me concentrais tant pour que mes rêves remontent à la surface que je finissais parfois par m'endormir à table. Ça pouvait me rendre dingue, je pouvais courir après mes rêves pendant des journées entières.

Depuis le rêve prémonitoire que j'avais fait le soir de la mort de mon père, j'avais peur. Le lendemain matin, rien ne s'était passé, et ce n'était que trois jours après que j'avais appris qu'il était mort. Depuis, c'était toujours comme ça, je ne savais pas si j'étais à la limite de la catastrophe et pouvais l'empêcher ou si j'étais en train de devenir folle. Soit on s'inquiète de tout, pour tout le monde, tout le temps, soit on décide de ne pas réagir, et quand il se passe quelque chose que l'on avait pressenti on est affreusement mal. On finit par se sentir responsable de tout ce qui se passe dans son entourage parce qu'on n'a pas su le dire ni le voir, et moi, je m'endormais à la table du petit déjeuner.

# Chapitre 31

Les carnets d'adresses de mon père étaient remplis d'anciens numéros de téléphone, un véritable trésor pour mon enquête. J'avais cherché chaque nom sur Internet, et j'étais tombée sur toutes sortes de gens, dont un certain Pietro Allongo qui vivait à Palerme. Son adresse n'était pas claire et semblait plutôt désigner une zone qu'un endroit précis, mais par un heureux miracle qui ne peut se produire que dans le sud de l'Italie, il avait reçu ma lettre grâce à son seul nom. Je lui avais écrit que je ne comprenais pas ces histoires de Brigades rouges, d'armes et d'Aldo Moro, tournant autour de mon père, et que j'aurais aimé qu'il me renseigne puisqu'il l'avait connu à cette époque. Je ne voulais plus parler de la drogue.

Pietro m'a ouvert, vêtu d'une robe de chambre un peu déchirée à motifs persans et, sans même prendre le temps de me dire bonjour, m'a tout de suite déclaré : « La première chose que je dois te dire, c'est que ton père était un homme merveilleux, je n'ai jamais rencontré une personne aussi drôle et hors du commun. Et je suis certain qu'il n'a jamais tué personne, rassure-toi. » Il a poursuivi : « Lui, justement, il avait un peu peur des armes et de la violence. Il était actif dans les mouvements de gauche et participait aux grands débats qui les agitaient, mais il restait du côté de la réflexion. »

Pietro m'a conduite dans son salon. Il y avait un grand téléviseur – sur l'écran duquel passaient des cyclistes à toute vitesse –, une table basse couverte de médicaments et une bouteille d'oxygène.

Il avait partagé un appartement avec mon père pendant plus de dix ans, il avait connu ma grand-mère qui l'« adorait ». Une fois qu'il m'a eu dit ça, il m'a demandé : « Mais qu'est-ce que tu veux savoir exactement ?

— En quelle année était-il ici ?

— En 1978-1979. Quoi d'autre ?

— Mais je ne sais pas, justement je viens pour savoir. »

Tout ce que je voulais, c'étaient des petites anecdotes qui rendraient mon père plus vivant et me donneraient l'impression de le connaître. Mais rien. Dix ans à partager un même appartement, et rien. Pietro se justifiait : « Non mais tu comprends, c'était un rapport quotidien, des millions et des millions d'heures, ça prendrait un temps infini. »

Je devenais jalouse, presque agressive. Il avait tout ça, et il refusait de m'en dévoiler un petit bout ! Ça ne semblait même pas lui effleurer l'esprit, comme si ça représentait trop d'effort pour lui. J'avais envie de le secouer dans tous les sens pour faire tomber quelques pièces, juste un morceau de mon père, un tout petit morceau. Rien. Pietro a abrégé en me disant qu'il avait été tellement ravi de me rencontrer. Ah bah oui, lui, il était content, il avait eu la dose de mon père qui lui manquait.

En repartant, je me suis promis de retenir des centaines de détails sur mes amis pour leurs enfants, pour leur donner toute la matière dont ils auront besoin plus tard. Elle disait beaucoup « merveilleux ». Il disait souvent de lui-même qu'il était « déréglé ». Il imitait le bruit de tout ce qu'il voyait. Elle avait toujours un air surpris, des yeux écarquillés, en avançant sa tête, et elle aimait les choses amères. Il faisait toujours les analogies les plus folles et s'inventait des alter ego. Il voyait tout comme une scène de film. Elle aurait voulu être espagnole et on l'appelait la *chica della calle*. Il enregistrait tous les bruits tout le temps et parfois il me demandait de le faire pour lui dans les lieux que je visitais. Jamais, jamais je ne voudrais avoir passé dix ans avec une personne et n'avoir rien à dire sur elle.

# Chapitre 32

Un matin, après avoir bu un Estathè, un thé glacé artificiel vendu uniquement en Italie, et qui se boit avec une paille toute fine qui le rend désirable, frustrant, précieux, encore plus exquis, j'ai décidé d'arrêter de chercher des informations dans des recoins obscurs et d'appeler Sylvia, la première femme de mon père, celle qui avait vécu à Palerme avec lui. Je n'avais pas osé l'appeler auparavant, comme si j'étais coupable d'être la fille d'un deuxième mariage.

« Nous nous sommes rencontrés quand on avait quinze ans, les parents d'une amie avaient une maison dans le village de ta famille. Nous étions deux jeunes Françaises et nous passions nos journées avec ton père, ses amis, les gars du coin. Je suis revenue tous les ans ensuite, je m'échappais toujours dans leur maison où un whisky sour était servi à partir de onze heures trente du matin.

C'était complètement fou. J'adorais ton grand-père. Le soir il se mettait sur la terrasse et dès qu'il avait vu apparaître la première étoile, il ne parlait plus avant d'en avoir vu trois. Puis nous sommes tombés amoureux avec ton père, il faisait partie d'un de ces groupes d'étudiants d'extrême gauche milanais et il a eu des problèmes avec la justice, alors il a décidé d'aller se cacher à Palerme et je l'ai suivi. »

Elle m'a expliqué le fin mot de l'histoire de Palerme et des Brigades rouges. Mon père avait eu des problèmes parce qu'il avait publié non pas les carnets d'Aldo Moro, mais ceux de ses ravisseurs. Il avait dû se cacher, cependant, pour se faire oublier des autorités italiennes qui l'avaient inscrit sur leur liste noire. C'est pour ça qu'il était parti à Palerme.

Le gouvernement italien n'avait pas de prise sur Palerme en 1978. C'était l'époque de la deuxième guerre de la Mafia. Sur la piazza della Kalsa, où ils habitaient, ils avaient entendu le serveur du café dire que ces derniers temps beaucoup de personnes disparaissaient sans qu'on retrouve leurs traces.

Sylvia m'a raconté que mon père et elle vivaient alors comme deux petits rois. Elle passait ses journées à photographier des statues de Serpotta dans des oratoires pour un projet de livre auquel elle participait. Mon père étudiait et rendait visite à des grandes familles siciliennes, comme à son habitude. « Toutes les vieilles dames italiennes dont les maris avaient notoirement des maîtresses de vingt ans étaient friandes des charmes de ton père, elles étaient toutes folles de lui et odieuses avec moi ! » Le soir il lisait des livres sur la *Theosophical Society*, des livres de Virginia Woolf et du groupe de Bloomsbury, et des ouvrages sur Palerme. Il connaissait une multitude d'anecdotes méconnues et extravagantes. C'était idyllique, d'autant plus romanesque qu'ils étaient poursuivis par la justice. À la suite d'une perquisition, on leur avait pris presque tous leurs meubles, n'en laissant que quelques-uns épars, et mon père, pour faire rire Sylvia, disait qu'ils étaient « les gardiens de la télé ». « C'était typiquement napolitain, cette façon de tourner en dérision une situation si violente. » Toutes les personnes que je rencontrais insistaient sur cette *napoletanietà*, cet humour parfois noir mais qui donnait de la légèreté à la vie.

En revenant à Paris, ils avaient loué un petit appartement sur le même palier qu'Andrei et sa femme, dans le XIVe arrondissement, un ancien atelier haut de plafond. J'ai demandé à Sylvia si elle prenait de l'héroïne comme eux et elle m'a répondu que non, ça lui donnait la grippe. « Le problème de ton père, ce n'était pas la drogue, ça, tout le monde en prenait, c'est comme la cocaïne d'aujourd'hui. Son problème, c'était son mal-être, ça le rendait complètement dépendant – il était trop sensible et avait une attirance macabre pour le vide. »

L'été, tout le monde allait sur la côte amalfitaine. Sylvia a évoqué elle aussi ces scènes mythiques où ils partaient le matin dans une barque de pêcheur, s'arrêtaient dans des petites criques pour se baigner, avant d'arriver, au bout de cinq heures de bateau, à Paestum, devant ces temples antiques colossaux, que je verrais, moi aussi, bien plus tard, bien plus sérieusement, avec un groupe d'archéologues de l'université. Au cours d'une de leurs visites du site de Paestum, un ami architecte espagnol, avec qui mon père était en compétition permanente, avait décrit en détail chaque édifice, l'histoire de chaque bas-relief, la structure de chaque colonne. Mon père avait attendu la fin de son exposé pour dire avec malice : « Et tout ça, ça pèse combien ? » Tout le monde avait explosé de rire.

Le soir même au téléphone, j'ai raconté à ma mère cette énième confirmation de l'engagement politique de mon père, contredisant sa version, puisqu'elle m'avait soutenu plusieurs fois qu'il n'avait jamais été dans les Brigades rouges, et elle m'a dit sur son ton habituel tout à fait calme : « Ah oui voilà, c'est ça ! » – comme si auparavant elle ne s'était juste pas bien souvenue de l'histoire.

J'ai poursuivi en lui demandant si elle savait ce que faisait mon père quand il retournait à Palerme. Elle m'a répondu très amusée qu'il rendait visite à une sorcière, et qu'il l'avait même emmenée la voir un jour. « Elle avait de longs cheveux noirs et officiait en pantoufles dans un rez-de-chaussée qui donnait sur la rue. Quand on est arrivés, je me rappelle que la sorcière s'est plainte qu'il ne venait plus assez ! Elle a fait chauffer du mercure sur le feu, puis a passé la casserole au-dessus de nos têtes afin de lire notre avenir. Et dans la casserole s'est dessiné un cœur. » Ma mère a ajouté qu'il allait souvent au restaurant de l'hôtel Patria, où se retrouvait toute la société palermitaine, et aussi, parfois, à celui de l'hôtel des Palmes, une vieille institution palermitaine et où s'était suicidé Raymond Roussel, un 14 juillet.

J'ai tenté d'aller à l'hôtel Patria mais il n'existait plus, il ne restait qu'une pancarte. Palerme ne s'était jamais reconstruite après la Seconde Guerre mondiale mais, en l'espace d'une décennie, tous les endroits qu'aimait mon père avaient disparu ou avaient été rénovés avec trop de zèle, tout avait basculé plus que nulle part ailleurs. Je me suis rendu compte que depuis sa mort, quatorze ans auparavant, des mondes avaient eu le temps de disparaître.

Je suis donc allée voir l'oratoire de San Lorenzo décoré par Serpotta, sur lequel travaillait Sylvia. Il était fabuleux : entièrement sculpté et rempli de statues très drôles, comme celle d'une Vierge avec une poule sur la tête, la préférée de mon père. Au-dessus d'une stèle en marbre il y avait un grand trou blanc, et la femme de l'accueil m'a expliqué que c'était l'emplacement d'une nativité du Caravage qui avait été volée. Elle avait été découpée et enlevée lors d'une nuit d'orage, le 17 octobre 1978, l'année où mon père était à Palerme. J'étais sûre que c'était lui qui l'avait emportée. Réaliser le fantasme fou d'avoir un Caravage chez soi. La toile n'avait toujours pas été retrouvée.

Sylvia m'avait donné le numéro de Benedetta, l'une de leurs amies, qui m'a dit de la retrouver chez elle, dans une grande maison située maintenant sur la route à cause des constructions abusives de la Mafia. Sur l'interphone, il fallait sonner à « Privati », écrit au Bic et repassé plusieurs fois. C'était une très belle maison jaune, qui semblait appartenir à un monde déchu. On n'entrait plus par le grand escalier principal, mais par la petite entrée de la cuisine sur la droite. Regarder cette grande entrée auparavant majestueuse était dorénavant un acte indiscret. Benedetta m'a fait entrer par la cuisine, une petite pièce dont le papier peint très ancien laissait apparaître de larges pans de murs gris. Elle a posé sa main dessus et dit : « Quand il pleut, le mur devient entièrement mouillé. » Elle avait connu mon père quand il était arrivé à Palerme. À ce moment-là, il habitait chez Gioacchino Lanza, le fils adoptif de Giuseppe Tomasi di Lampedusa, qui lui louait une petite chambre.

« C'était une période très violente, celle de la deuxième guerre de la Mafia. La société s'était complètement refermée sur elle-même. Dans les fêtes, les différentes générations d'une famille restaient regroupées, plus personne ne se mélangeait, la peur régnait. Ça ne nous empêchait pas de sortir tous les soirs !

— Où sortiez-vous ?

— Au Charleston, un grand restaurant avec des lampes en aluminium où la nourriture était délicieuse, ou au Shanghai. Ces endroits n'existent plus aujourd'hui… De toute façon, ton père n'y allait pas beaucoup. »

Elle a vu que je ne la croyais pas, elle s'est alors penchée vers moi : « Je sais bien ce qu'on a pu te dire sur ton père, mais je l'ai bien connu, moi, et je peux t'assurer que ce n'était pas un mondain. Il choisissait bien ses amis. Il fréquentait les gens avec qui il était vraiment bien ou avec qui il pouvait avoir des conversations intéressantes. Nous, on buvait tout le temps. Il préférait mille fois se plonger dans des livres, faire des recherches. Fais confiance aux intuitions que tu as sur ton père, toi, tu détiens une vérité que n'ont pas les autres ! »

Sa remarque m'a beaucoup émue.

Elle a poursuivi : « J'ai rencontré peu de personnes avec autant d'esprit et de mémoire que ton père. Il connaissait chaque tableau de chaque musée, les dates, les peintres, les techniques. »

Elle m'a parlé de ses endroits préférés ici, comme la cathédrale de Monreale, pleine de mosaïques byzantines époustouflantes. Ou encore la Villa Palagonia, remplie de statues de monstres, très surprenante. Lors d'un voyage à Venise qu'ils avaient fait, elle et son mari, avec mon père, il avait réussi à leur faire visiter le musée Guggenheim à minuit. Il les avait aussi emmenés à Paris, où il détenait la clef des postiers, et leur avait ainsi montré les plus belles cours d'immeubles et toits de la ville. « Il me faisait tellement rire ! Il n'avait jamais d'argent sur lui, comme les vrais princes, alors il faisait des détours pour en emprunter à un ami réceptionniste dans un hôtel, ou dans des restaurants qu'il connaissait ! Et il le remboursait toujours. »

Benedetta avait de très belles photos du premier voyage de ma mère à Palerme. Elle était tout en blanc et mon père avait glissé un brin de muguet dans la poche de sa veste. Benedetta m'a dit qu'un jour, à Mondello, elle avait aperçu ma mère rabattre doucement son châle d'un geste de la main lent et précis et qu'elle n'avait jamais vu un mouvement exécuté avec autant de grâce et d'élégance. Soudain, moi qui n'étais concentrée que sur lui, j'ai regardé ma mère.

Benedetta m'a proposé ensuite d'aller voir l'endroit où il habitait quand il venait à Palerme, ce n'était pas loin en voiture. On a d'abord longé un grand hangar qui jouxtait sa jolie maison, et sur lequel était écrit « LAS VEGAS, Bingo, Bongo », puis le mont Pellegrino, avant d'arriver dans un petit village de pêcheurs, où elle s'est garée face à la mer, à l'entrée de la digue. On a marché jusqu'au phare bleu et rouge qui se trouvait tout au bout, elle a pointé le doigt vers le sommet et m'a dit : « C'est toujours ici qu'il logeait quand il revenait à Palerme. »

# CHAPITRE 33

Après la Sicile, j'ai décidé d'aller à Naples. J'ai pris un bateau qui faisait la traversée jusqu'au continent et de là j'ai poursuivi mon voyage en train. J'aimais les voyages longs, les changements de direction, les moment de béance et de liberté où personne ne savait où je me trouvais.

À peine sortie de la gare de Naples, vérité infinie, beauté infinie, chaos infini : des grandes terrasses plus larges que des places d'église, les cheveux volant dans le vent des femmes sur les scooters, derrière leurs maris casqués, l'accent chuintant des Napolitains, les rites païens, les jurons au nom de la Madone, les palais divisés en centaines d'appartements, les proportions absurdes – immenses, beaucoup trop immenses –, les portes ouvertes sur des cours en enfilade irrationnelle, le sentiment que les heures coulent sans qu'on les compte. J'étais arrivée, enfin.

Pourquoi avais-je visité toutes les villes italiennes sans revenir dans celle dont je savais qu'on ne part jamais ? Mes ancêtres s'y étaient installés, et pendant des générations notre âme était restée là. Dans cette ville brute et poétique à la fois, dans cette ville où des palais pouvaient être tenus par des ficelles, dans la ville où tout était décor et tout était vrai, dans cette ville hors du monde. Dans cette ville où il n'y avait pas la même langue, pas les mêmes règles, pas les mêmes hiérarchies, pas la même organisation, pas le même soleil, pas les mêmes conceptions, pas le même patriarcat, pas la même mondialisation. Un monde de désordre où, pour une fois, je pouvais trouver ma place.

Ici on était des persévérants : il faut profiter de chaque jour quand on vit sur un volcan. Naples avait vécu toutes les tragédies et pourtant elle continuait d'être la plus gaie de toutes les villes que j'avais vues.

Tous les malheurs s'y offraient de prime abord, comme ça, directement. Oui, des jeunes filles de quatorze ans se faisaient engrosser parce que, pour les garçons, c'était une trop grande atteinte à leur virilité que de mettre une capote, parce qu'ils n'y parvenaient pas, parce que ça les faisait débander, parce que c'était plus facile de la rentrer directement, parce que ça les serrait. Oui, les citoyens prenaient de la drogue, on faisait même des feux d'artifice le soir pour signaler l'arrivée de la marchandise. Oui, des enfants n'allaient pas à l'école, regardez-les, sur la place de la Sanità, l'un d'eux a sa statue, il s'est pris une balle perdue, un mardi à dix heures du matin, il n'aurait pas dû être là, il s'appelait Genny. La police était venue plusieurs fois à son domicile pour l'inciter à aller à l'école, mais rien n'y avait fait. Oui, le foot était une religion, et Maradona un saint. Oui, la Camorra donnait plus de travail que ce foutu État – elle était là à tous les coins de rue, facile à trouver, elle, au moins. Oui, on pouvait partager une pizza avec un homme qui, bien que très sympathique, allait en tuer un autre le soir même – parce que c'est ça la vie, la vie est dure, et puis, de toute façon, on n'a pas le temps, tout peut exploser demain quand on vit au pied d'un des volcans les plus dangereux d'Europe. Naples était une représentation du monde et en même temps elle en était complètement coupée.

Elle était un chien dans un monde de chats – comme moi, quand je rencontrais quelqu'un : je lui dévoilais immédiatement mon intimité, lui exposais tous mes traumatismes, lui racontais toute l'histoire de ma famille et le deuil de mon père, je l'incluais tout de suite dans mon cercle le plus proche, il était le bienvenu chez moi jusqu'à sa mort, boum, comme ça, cadeau. À l'image de Naples qui avait accueilli toutes ces colonies étrangères, qui avait été gouvernée par les Grecs, les Étrusques, les Normands, les Angevins, les Aragonais, tout le monde. Je n'arrivais pas à garder ce mystère des chats dont il faut mériter l'amour avant qu'ils se donnent à vous. Je n'arrivais pas à me convaincre qu'on a du sursis. Et pourtant cette ville a effacé ma peur de perdre du temps. À Naples, on savait qu'on n'a le temps de rien, à part passer *una bella giornata*. Moi, il me suffisait d'entendre de nouvelles expressions napolitaines pour que ma journée soit pleine, accomplie. J'étais tranquille, comme si mon cœur avait pris une consistance différente, plus moelleuse. Ça ne m'empêchait pas de penser : tout était métaphysique à Naples, et mes journées se déroulaient toutes avec plus de sens, de calme – en paix.

J'avais trouvé à me loger chez une Française, Nathalie, qui avait un immense appartement au dernier étage d'un *palazzo*, dont elle louait certaines des chambres. Son salon était rempli de tapis, de livres et d'œuvres d'art que les artistes ayant habité chez elle lui avaient laissées. Elle avait créé à l'étage au-dessous un lieu d'exposition très inspirant. On a parlé un peu, je lui ai raconté la quête de mon père, elle m'a demandé comment il s'appelait. Quand je le lui ai dit, son regard s'est intensifié.

Elle m'a raconté que pour le lancement de la galerie, il y a des années, elle avait choisi d'exposer les tableaux de Beatrice, une amie de longue date de mon père. Quand elle a prononcé ce nom, un souvenir m'est revenu. Mon père était venu me chercher à mon cours de danse et m'avait emmenée voir cette artiste dans son atelier, rue de la Grande-Chaumière, près de Montparnasse. Elle m'avait montré toutes ses œuvres. Tout d'un coup, j'ai revu mon père, avec son chapeau marron, au milieu de cet immense espace. C'était un mercredi et nous avions déjeuné ensuite dans une brasserie, j'étais très fière d'y entrer à son bras. La coïncidence était incroyable.

Nathalie a poursuivi en me disant que le vernissage avait eu lieu le jour exact de la mort de mon père. Devant ma surprise, elle a précisé ce qu'elle voulait me dire : mon père était censé y venir, mais il était mort le matin même. Un avion plein d'Italiens devait partir de Paris et lui n'était jamais monté dedans. Tous les invités parlaient de cela ce soir-là, le soir de l'ouverture de ce lieu, où je venais d'arriver.

# Chapitre 34

Quelques jours plus tard, je suis allée me promener dans le quartier de la Sanità. Quelques années auparavant, c'était l'un des quartiers les plus contrôlés par la Camorra. On ne pouvait pas y pénétrer en portant un casque de moto car on risquait d'être pris pour un *killer*. Depuis trois ans, deux prêtres tentaient de réhabiliter le quartier, et certaines de leurs actions avaient bien fonctionné. Ils avaient mobilisé des jeunes pour aménager les catacombes, leur offrant ainsi une autre occupation que la Camorra, un moyen honnête de gagner de l'argent. Ils avaient créé un groupe de théâtre pour les femmes afin de leur apprendre à évoluer dans l'espace public, à placer leur voix. Et un groupe, avec des femmes qui s'appelaient les guerrières, pour lutter contre les violences conjugales. Elles sensibilisaient les femmes du quartier à ces questions et conseillaient celles qui en étaient victimes, et si les choses ne s'arrangeaient pas elles intervenaient en bande pour mater le mari !

À l'entrée du quartier s'étendait un marché où étaient vendus des milliers de produits chinois : des pyjamas, des poupées, des casseroles. Les étals s'alignaient le long d'anciens palais délabrés, gris, avec des portes cochères en bois qui s'ouvraient sur des escaliers majestueux du XVIIIe, profonds, parfois encore colorés, en bleu, pastel, blanc, aux marches qui se croisaient, et reliés par des voûtes peintes de forme géométrique, comme des ailes qui se déploient. Devant ces immeubles, des jeunes filles de mon âge avec un chignon sur le haut de la tête criaient au téléphone en tenant d'une main leur ventre gros de l'enfant à venir, et de l'autre le landau d'un bébé de quelques mois à peine. Plus loin, les rues étaient plus calmes. Plus de marché, seulement des petites échoppes. L'une d'elles se trouvait sous un immense pont, tout fin, qui surplombait la ville. C'était sans doute la plus étroite, mais elle contenait un portrait colossal et illuminé de la Madone, qui prenait toute la place. La boutique était fleurie comme si la Vierge en personne était venue acheter des abricots. Cinq hommes discutaient à l'intérieur, coincés entre le tableau et les cageots de fruits et légumes.

Au bout d'une rue sinueuse, j'ai débouché sur la place de l'église de la Sanità, le cœur battant du quartier. Des jeunes à foison traînaient sur les bancs, nombre de ces garçons qui zonaient étaient pères. Devant l'église fermée, deux fillettes jouaient à la poupée, elles ressemblaient déjà à des petites dames. Des centaines de scooters sillonnaient la place dans tous les sens, des garçons faisant des roues arrière, des couples d'ados, des vieux en chemisette et en sandales de cuir. De grandes banderoles étaient tendues à la mémoire des jeunes adolescents morts injustement des méfaits de la Camorra. La mort était très présente à Naples, on affichait les avis de décès sur les murs, des photos étaient collées dans les rues, parfois sur des vitrines. On était sans cesse confronté à tout type de morts, des vieux, des jeunes, des ados, des bébés.

À mesure que je m'enfonçais dans le quartier, les passants me regardaient avec de plus en plus d'insistance. Je suis arrivée dans une rue qui semblait creusée dans la pierre, le sol était glissant et une mousse verte recouvrait les murs. Elle avait l'air de se refermer, de se resserrer et, en un instant, tout est devenu vaseux. Elle était peu fréquentée, on me dévisageait. Je découvrais des habitations en hauteur et des locaux sombres, ouverts sur la rue, où des hommes forgeaient le métal. Ils disparaissaient derrière de grandes parois d'où s'échappait une fumée pestilentielle. J'étais dans les bas-fonds de Naples, aux abords du cimetière des Fontanelle, un lieu où se poursuivait un rite païen multiséculaire. Des ossements y avaient été accumulés pendant la dernière peste et avaient ensuite été mis dans des boîtes. Beaucoup de Napolitains avaient adopté un de ces tas d'ossements comme ange gardien et ils venaient leur rendre visite, faire des vœux, fleurir ces boîtes d'inconnus. Elle était là, la marge du monde – ou plutôt le centre du monde, je ne sais pas –, où les hommes vivaient dans la vase, cohabitaient avec les prêtres, la Vierge, le feu et la mort.

# Chapitre 35

À Naples je cherchais partout, encore, mon père. J'avais contacté toutes les personnes qu'il avait connues, et toutes répétaient en boucle, en valse, « ton père était tellement drôle », « tellement intelligent », « le plus élégant du monde », « il n'y en a plus, des comme lui ». La valse du rien. C'était comme si tout le monde récitait le même *leitmotiv* sur un des chefs du parti. Plus d'une fois je me suis demandé ce que je faisais là, en Italie, à rencontrer toutes ces personnes qui avaient perdu leurs souvenirs, qui ne voulaient pas retourner dans le passé, qui préféraient parler d'elles-mêmes. Juste après l'enterrement de mon père j'avais agrafé quelques pages blanches ensemble et demandé à ses amis d'écrire un petit mot, une anecdote ou un souvenir de lui. Je n'avais presque rien recueilli, je courais après chacun dans l'appartement pour qu'ils écrivent sur le cahier, signent le livre d'or de la vie de mon père. Je me maudissais de ne pas avoir eu l'idée plus tôt, de ne pas l'avoir fait à l'église quand tout le monde était là. Je savais déjà que la plupart disparaîtraient pour toujours après la cérémonie. Certains amis proches avaient écrit quelques lignes, trois ou quatre. J'avais passé un après-midi entier à déchiffrer lettre par lettre l'écriture incompréhensible des adultes, bien loin de celle angélique de Florence, ma maîtresse de CP. La banalité de ces quelques mots m'avait frappée.

Ma mère m'avait donné le numéro d'Amina, une de ses amies, car elle avait connu mon père, mais surtout cela la rassurait que j'aie un contact dans cette ville où je séjournais seule. Je lui avais écrit le premier jour, et depuis on se voyait. J'avais beau vouloir partir à l'aventure, j'aimais l'idée d'avoir une simili-tante qui prenait soin de moi et veillait sur moi. Quand ma mère m'appelait, elle me demandait si j'avais vu Amina, je lui disais que oui, et tout le monde était tranquillisé. Lorsque j'ai fait part à Amina des déceptions que j'avais eues durant ma quête, elle s'est mis en tête de me trouver au moins un Napoliain qui me raconterait quelque chose d'intéressant. Elle m'a invitée chez elle un dimanche et a appelé devant moi toutes les personnes qu'elle connaissait de la génération de mon père. Elles décrochaient, Amina répétait en boucle, et très fort, mon histoire, et elles nous renvoyaient vers d'autres qui en sauraient plus. Certaines en profitaient pour prendre des nouvelles (d'elle). Beaucoup évoquaient mon oncle et mon grand-père, ce père qui était devenu une mère.

Qu'est-ce que je fous là à récolter des informations sur un mec mort il y a quatorze ans ? Quand on me disait des banalités je me plaignais, quand on me disait des jolis mots, j'en voulais davantage, et quand quelqu'un renversait enfin la table, j'étais bouleversée.

Finalement Amina m'a mise en relation avec Nicolò. Il m'a donné rendez-vous le lendemain, au Circolo Italia, un club privé sur le Lungomare, en me disant que c'était là qu'il allait avec mon père. Je m'y suis rendue sous une tempête comme je n'en avais jamais vu jusqu'alors, un vent me poussait violemment vers l'arrière, une pluie battante vers l'avant. Une mer grise s'élevait à deux mètres de hauteur pour venir s'écraser sur la route et les voitures, devant les grands hôtels qui ressemblaient à des gâteaux alignés sur un buffet. Quand il faisait beau à Naples, le ciel était radieux, sans aucun nuage, le soleil était chaud et rassurant. Lorsque le temps était mauvais, c'était apocalyptique : des tempêtes, un ciel noir, des pluies torrentielles. Il n'y avait pas d'entre-deux. Cette météo binaire avait sûrement influencé pendant des siècles le caractère des Napolitains, et je commençais à comprendre de mieux en mieux celui de mon père, dont le côté positif était véritablement merveilleux et le côté négatif totalement effrayant. Cette ville me faisait prendre conscience qu'il n'était ni un héros ni un sale type, il était simplement napolitain.

Au Circolo, Nicolò et moi nous sommes installés au coin du feu, en plein mois d'août. C'était une de mes choses préférées d'avoir un élément très hivernal au cœur de l'été ou un jour de grand beau où l'on déjeune en t-shirt en février. J'étais entièrement trempée dans l'endroit le plus chic de Naples, mais ça n'avait pas l'air de lui importer. Le Circolo donnait sur la mer, le Borgo Marinari et ses petits bateaux, et le Castel dell'Ovo. Nous avons mangé des pâtes aux lentilles comme si nous étions à la maison. Nicolò était laconique mais infiniment sympathique. Comme il ne parlait pas beaucoup, ses mots résonnaient d'autant plus. Et dans les moments de silence il parvenait à créer une ambiance agréable, c'était son petit miracle. Quand on en est venu à mon père, il s'est lancé :

« Cette tempête me rappelle un réveillon avec lui sur la côte. Il y était avec des amis et il nous a appelés, moi et ma copine de l'époque, pour que nous passions le nouvel an avec eux. Nous sommes partis en voiture sous une tempête atroce, et quand nous sommes arrivés, il n'y avait plus d'électricité ! À part les lueurs de quelques bougies, nous étions entièrement dans le noir, dans la nuit épaisse d'une tempête sans lune. Ton père avait invité une femme sublime, une princesse, il me semble ! En allant aux toilettes en pleine nuit, je me suis trompé de porte et je suis entré dans sa chambre, elle m'a ouvert son lit et invité à lui faire l'amour. Je me suis exécuté, alors que ma copine m'attendait dans notre chambre, mais ça n'a pas posé de problèmes. Quelles années... C'était magique, tous dans le noir, comme ça », a-t-il soupiré.

Il s'est tu un instant. Je l'observais, il avait de longs cils et un grand nez.

« Un de nos amis communs avait attrapé le sida, a-t-il repris. Comme c'était le tout début, personne ne savait comment se comporter, personne ne savait véritablement comment ça se transmettait et, comme d'habitude, les gens fuyaient la souffrance et la maladie. Ton père l'avait encouragé à venir avec lui déjeuner chez cet ami. La scène était très impressionnante, l'ami était en robe de chambre, très affaibli, totalement seul depuis des mois, mais ton père l'avait embrassé de bon cœur et avait partagé les plats avec lui,

lui montrant par là qu'il n'avait pas peur, qu'il était là pour lui. » Nicolò parlait de ce que mon père avait réussi à me transmettre avant sa mort : il faut être proche des gens qui vont mal, ne pas croire qu'on les dérange ou qu'on les fatigue en les voyant.

En rentrant chez moi, je m'aperçus que la petite, toute petite, porte de l'église dans la ruelle par laquelle je passais tous les jours était ouverte, pour une fois. Je suis entrée et j'ai découvert les proportions extraordinaires de cette église, que je n'aurais jamais pu imaginer depuis l'extérieur. C'était ça aussi, Naples : de magnifiques coupoles dans des ruelles. En m'approchant de l'immense autel doré qui s'élevait à la gloire d'une Vierge charnue, dont on devinait l'importance des cuisses sous la robe, j'ai peu à peu perçu des murmures. Un petit groupe de femmes s'était attroupé dans l'abside, sous les fresques rococo du ciel de l'église. Elles priaient ensemble. Je me suis assise sur un banc derrière elles pour pouvoir les écouter. Celle qui dirigeait cette mini-messe avait des cheveux extrêmement noirs, qui formaient comme une cloche sur sa tête, les épaules remontées, nouées, et elle tournait les pages de son psautier de ses doigts dodus aux ongles robustes. Les autres avaient l'air plus douces qu'elle, mais cette prêtresse officieuse, sérieuse et assidue, était la plus touchante. Quand elles ont eu terminé, elles se sont dispersées dans l'église, comme des petites filles qui viennent de faire une bêtise, et elles ont attendu en silence.

Un homme trapu, qui portait un sweat-shirt à capuche noir où était écrit « *New York is my home* » en lettres dorées, les a saluées, a laissé glisser une de ses bottines en cuir pour s'agenouiller devant l'autel, puis s'est aventuré dans le chœur en grattant les quelques touffes de cheveux qui lui restaient. Il a disparu tout au fond – mais que faisait-il donc ? Il est revenu avec le calice, la patène, les burettes, qu'il tenait tant bien que mal entre ses doigts, et a tout lâché dans un grand fracas sur l'autel – le Père, le Fils et le Saint-Esprit. J'ai compris qu'il travaillait là. Puis il s'est approché du lutrin, a disposé un capuchon de plastique, comme un préservatif, sur le micro et, à ma grande surprise, a commencé à parler du déroulement de la messe. Était-ce le prêtre ? Alors que cette idée m'amusait, il s'est mis à chanter – une voix bouleversante a retenti sous les coupoles –, et sur cet air harmonieux est arrivé le vrai prêtre, avec son étole vert pistache. Le Quasimodo local a pris place sur sa chaise à l'arrière, près de la crédence. Il a écouté toute la liturgie sans bouger, avec une ferveur saisissante.

## Même le bruit de la nuit a changé

Cette nuit-là je n'ai pas dormi. La messe m'avait plongée dans un état de calme, d'extase, dont je ne voulais pas sortir. J'ai fini par m'endormir vers sept heures du matin après avoir vu, par un coin de la fenêtre, le soleil se lever sur le bout de Vésuve noir que j'apercevais depuis ma chambre.

# CHAPITRE 36

Le palais de mes ancêtres existait encore à Naples, et chaque fois que j'appelais ma mère elle me demandait si j'y étais allée. Un matin, je me suis enfin décidée à m'y rendre. Il se trouvait via Monte di Dio, je connaissais cette rue depuis que j'avais lu Erri De Luca. J'avais rêvé d'elle, je l'avais imaginée, sans savoir que ma grand-mère l'avait gravie des centaines de fois, la Montagne de Dieu, grimpant vers le couvent San Martino, sur les hauteurs. Sans savoir que l'air de la mer toute proche, après avoir traversé la piazza del Plebiscito et été ralenti par la coupole de la basilique San Francesco di Paola, venait se déposer dans ses petites boucles brunes. Je suis arrivée devant la grande porte du palais, ouverte, j'ai pénétré à l'intérieur, sous une arche prolongée par une verrière majestueuse, et je me suis retrouvée dans une cour ronde bordée de petits bâtiments collés les uns aux autres, pareille à une place de village.

Deux hommes discutaient. L'un s'est approché de moi pour me demander ce que je faisais là. Je lui ai répondu que j'étais de la famille qui possédait auparavant ce palais et que je cherchais juste à voir à quoi il ressemblait. L'homme s'est présenté. C'était le portier, il s'appelait Alfredo. Il avait d'épaisses joues tombantes, il était très gentil et n'avait pas l'air étonné de voir débarquer une descendante de la famille. Une chose le tracassait : « Mais il y a eu une réunion avec tous les cousins ! T'étais où ? » Il m'a emmenée dans une salle avec des photos et des portraits de mes ancêtres qui remontaient au XVII^e siècle et m'a dit : « Ça te ressemble, ça va ! » pour me faire plaisir. Il était le portier du palais depuis quarante ans et il connaissait toute l'histoire de ma famille. Il en avait vu passer tous les membres. J'étais la pièce manquante de sa collection. Il m'a montré des photos de mon grand-oncle qui était chevalier de l'ordre de Malte, ce qui l'autorisait à entrer à cheval dans les églises ! Alfredo le connaissait bien car il était venu souvent à Naples vérifier l'avancée des travaux de son caveau. Il était tout petit et voulait être enterré avec sa femme qui, elle, était très grande. Il m'a également montré des photos d'un autre de mes grands-oncles, qui s'était promené dans tout Naples avec un âne dans sa décapotable pour se moquer de Mussolini qui avait fait le tour de Rome avec un bébé lion dans sa voiture. Le genre de blagues de mon père. Alfredo a fini par appeler une femme qui travaillait à l'Institut de philosophie, lequel occupait maintenant une partie de l'édifice, afin qu'elle me le fasse visiter discrètement. Elle m'a montré des habits de mes ancêtres, des cartes qu'ils avaient rapportées de Calabre où ils étaient marchands et d'où ils étaient partis pour venir s'installer à Naples au XVII^e^ siècle, leurs grandes bibliothèques, les longues galeries éclairées de lustres sous lesquels ma grand-mère avait couru, les salons bleus aux dorures fines, les fresques des plafonds, les feuilles de chêne qui décoraient les murs.

J'ai retrouvé Alfredo dans la cour et je lui ai demandé de continuer à me raconter l'histoire de ma famille. Au XIX^e^ siècle, mes ancêtres avaient presque tous péri dans un grand naufrage, seules deux filles avaient été sauvées. L'une avait épousé un Écossais, et l'autre un riche Américain. Le couple américain avait eu une fille, qui s'était mariée avec un noble napolitain, mon arrière-grand-père. Durant une petite heure, j'ai ainsi voyagé dans le passé avec Alfredo. Au moment de nous séparer, il m'a indiqué le chemin pour rejoindre la mer. Il fallait redescendre la colline par l'autre flanc. Là, le paysage devenait totalement différent, plus ocre, plus sale. J'ai longé une immense caserne, le type d'endroit flouté sur Google Maps, traversé un square avec deux jeunes amoureux emo et une vue sublime sur la baie, que nous n'étions que trois à voir. Ensuite j'ai descendu une rue à pic qui conduisait à de grandes tours d'immeubles et enfin à la mer Tyrrhénienne. Elle était bordée d'une succession de petites grottes creusées dans la pierre. Dans chacune : un mur blanc, gris ou mauve, une fausse bergère Louis XV plastifiée, une télé.

J'avais beaucoup de mal à quitter cette ville. Mon père avait la même géographie, un palais à côté d'une caserne, une princesse à côté d'un garagiste, les plus beaux costumes d'Italie, mais un *dopobarba* qu'on ne trouvait que dans les tabacs les plus pourris. Naples possédait une joie et une énergie mêlées de langueur et de mélancolie, une belle tristesse. Elle était à la fois ce qu'était mon père et ce qu'avait été mon deuil : un lieu de grandes agitations, avec des moments où tout s'accélère, où l'on veut tout savoir, tout voir, où l'on comprend tout mieux, suivis de longs moments d'attente, de souvenirs doux, de calme.

J'ai décidé alors de rejoindre Giovanni et d'autres amis italiens qui étaient à une petite heure de voiture, sur la côte amalfitaine.

Avant de partir, je suis passée devant un bouquiniste qui avait installé son étal dans une rue près de la mienne, et que je voyais pour la première fois. Les couvertures des livres étaient très belles et la sélection tout à fait particulière. Alors que je la balayais du regard, j'ai aperçu un petit livre de Joseph Roth intitulé en italien *Fuga senza fine*. Était-ce ce que j'étais en train de faire ? Fuir sans cesse dans un nouvel endroit ? Est-ce que la quête de mon père s'arrêterait quelque part, un jour ?

# Chapitre 37

Je suis arrivée sur la côte.

J'imaginais mon père partout. C'était probablement ici que j'avais le plus de souvenirs avec lui. C'était un des seuls endroits où j'avais continué de séjourner de façon régulière après sa mort, où j'avais pu me remémorer nos moments passés ensemble. Il était là, dans chaque rocher perdu dans la brume, dans chaque marin au ventre bedonnant, dans chaque colonne de la terrasse de Ravello ouverte sur l'horizon. Quand j'étais ici, c'était comme s'il me surveillait de plus près, comme s'il me parlait sans s'arrêter, dans un flot continu. Enfin, il y avait cette maison accrochée à la roche, le lieu qui cristallisait tout mon onirisme, renfermait toutes mes rêveries. Mais je n'y avais plus accès depuis la mort de mes oncles.

La maison dont on a le plus rêvé est-elle notre véritable maison natale ? Je n'en savais rien, mais cette maison était en moi. C'est par son prisme que j'appréhendais le monde ; quand je pensais à des escaliers je pensais à celui qu'elle abritait en son sein, j'abordais tous les autres en fonction de celui-là.

Je ressentais encore les sensations que j'avais quand je le descendais dans ma chemise de nuit rose pâle, un peu rêche et trop serrée aux bras car je l'avais depuis très longtemps. Elle s'arrêtait pile en dessous du genou et comme elle était un peu amidonnée, elle venait les taper de façon régulière quand je bougeais. Je me souvenais de cette sensation glaciale que l'on avait lorsqu'on marchait pieds nus sur les marches en pierre lisse de cette demeure familiale. On m'avait toujours interdit de marcher pieds nus, mais c'est une des sensations les plus agréables qui soient quand la surface est plane. Avec des chaussures, on glissait, et je m'étais déjà fait très mal en tombant sur le bas du dos. Cet escalier était magique. Il était le seul endroit frais, les jours de canicule, et je passais mon temps à le descendre et à le remonter pour que le froid de mes pieds progresse jusqu'à ma tête. Les bancs et la table de la terrasse étaient de la même pierre grise ; en revanche, ils restaient toujours brûlants, même la nuit. Impossible de s'y asseoir, et si par malheur mon coude touchait la table, j'avais l'impression d'avoir été marquée au fer rouge par un éleveur de bétail. Cette poêle à frire était prête à nous brûler à tout moment et pourtant nous étions obligés de nous asseoir dessus, sur des coussins trop petits qui laissaient des bouts de nos cuisses sans bouclier pour les protéger de la brûlure, si bien que parfois nous sursautions lors des longues heures de déjeuner. Pourquoi mon grand-père avait-il fait construire cette table en pierre gris anthracite sur une terrasse en plein soleil ? Nous étions des rocs, la mort était omniprésente – elle rôdait ; et nous, nous mangions des pâtes à l'espadon sur une tombe.

Cette table était tellement colossale qu'elle semblait être le signe qu'on ne pourrait jamais nous déloger de cette maison. Si l'on avait dû la déménager, on aurait aussi emporté la parcelle de terre à laquelle la maison et elle étaient accrochées.

J'étais terrorisée aujourd'hui à l'idée de l'oublier un jour. Jamais je n'aurais voulu m'asseoir de nouveau sur ces bancs, à cette table, et être surprise par la chaleur. Je voulais ne jamais oublier le sujet de conversation préféré de ma famille : l'absurdité de cette table.

Je me revoyais tourner dans le couloir de l'entrée, monter les quelques marches qui menaient au salon et m'arrêter là, au seuil de l'immense pièce dont les grandes baies ouvraient sur la terrasse. De grands fauteuils en cuir la meublaient, ainsi que des tableaux imposants, une décoration d'hommes. Je reste là parce que mon père est au milieu du salon – il danse. Il écoute *Lonely* d'Akon, sa chanson préférée, l'année d'avant sa mort. Je le regarde longtemps danser, faire des tout petits pas en rond, très doucement. Cette chanson de R'n'B des années 2000 est la chanson qui me fera à jamais penser à lui.

Au cours de mon séjour chez mes amis, j'ai voulu retourner dans un restaurant où nous nous rendions quand j'étais petite et où nous avions déjeuné lorsque j'avais six ans, le jour de mon baptême. Nous y sommes allés dans un petit bateau de pêche, et, quand nous sommes arrivés à sa hauteur, quelqu'un est venu nous dire qu'il n'y avait plus de place. J'ai demandé si nous pouvions tout de même aller sur la plage que j'avais connue dans mon enfance. L'homme a accepté, et a appelé un de ses collègues pour qu'il vienne nous chercher avec une plus grande barque que la sienne. Un homme rond, bronzé, avec un chapeau de cow-boy en paille, nous a emmenés. Il me disait quelque chose, sa bouche édentée, en particulier. Je me rappelais que ma famille parlait souvent du « Nino » qui avait une barque au village. À tout hasard, je lui ai dit : « *Scusi, ma sei Nino ?* » Aussitôt il m'a prise dans ses bras et m'a répondu avec un fort accent napolitain, que les dix générations qui coulaient dans mon sang m'ont miraculeusement permis de comprendre : « Je savais que c'était toi ! » Il s'est retourné et a crié : « Trouvez-lui une table, bande de cons ! » (En italien, bien sûr, et en riant aux éclats.) On se regardait avec un tel bonheur ! Il m'a demandé de lui donner, dans le peu de temps qu'on avait avant d'atteindre la plage, des nouvelles de toute la famille. Quand on a débarqué, un des serveurs qui avait entendu Nino m'a accordé une table « dans une heure et demie », c'est-à-dire à quinze heures trente. J'ai accepté sans broncher tant je rêvais de goûter aux pâtes de mon enfance. À cet instant, un homme plus vieux que les autres, le patron apparemment, qui était au fond du restaurant et qui n'avait donc pu entendre Nino, m'a fait de grands signes. J'ai cru qu'il voulait prendre ma réservation et je lui ai fait comprendre que tout était arrangé avec le serveur. Il s'est alors avancé vers moi et m'a dit : « Mais t'es bête ou quoi ? » Puis il m'a prise dans ses bras en s'écriant : « Elle est revenue ! Comment ça va, ma beauté ? » Et il nous a installés à la plus grande table, au milieu du restaurant. Moi qui jusqu'ici avais parcouru en touriste les lieux de mon père, j'étais enfin chez moi. Ils m'accueillaient comme leur fille et je voyais qu'ils avaient aimé mon père comme un frère. C'était le seul de la fratrie qui avait gardé le lien avec les personnes du village. Le patron ne nous a même pas laissé le temps de commander et nous a offert pour patienter du vin blanc avec des morceaux de pêches dedans. J'ai trempé un doigt dans mon verre pour attraper le fruit encore dur… C'était la définition du paradis.

Le serveur nous a servi l'intégralité de la carte, toutes les sortes de poissons, de pâtes, d'antipasti, d'arancini. Mes amis étaient émerveillés. Nous avons passé l'après-midi à boire et à manger. Au loin il y avait une maison de pêcheur, du toit de laquelle, m'a-t-on dit, mon père sautait. Lolo, le pêcheur qui l'habitait, n'était plus jamais revenu au restaurant depuis la mort de mon père. Tout avait changé. Il n'y avait plus ni la folie, ni l'innocence d'antan. Maintenant tous étaient vieux. Seul mon père était resté dans les fêtes, les journées en bateau. Seul lui avait échappé au spectacle de la décadence de ce monde.

Alors que le jour tombait, j'ai regardé les îles se superposer à l'avant du soleil dans un dégradé de teintes sombres. J'ai observé le grand ferry, de la taille d'une montagne, qui sortait de la baie et gagnait des espaces fabuleux. J'ai contemplé la mer, si noire quand le soleil n'est pas encore couché.

Je ne peux penser à rien devant un paysage, et je m'en suis toujours voulu. Mais j'ai compris ce soir-là que les beaux paysages sont faits pour cela, pour nous vider entièrement la tête et nous rebâtir ensuite, plus droits, plus cohérents, plus stables. Il faut être con devant un coucher de soleil.

# Chapitre 38

À la fin de ces vacances, je suis partie pour Bologne. J'étais en voiture et soudain j'ai été saisie d'un énervement de petite fille confrontée à une injustice : mon père me manquait. J'en avais assez de parler de lui, qu'on me parle de lui, je voulais qu'il devienne un sujet normal. « Mon père, mon père, mon père », ce mot m'épuisait, j'avais juste envie de dire « papa ».

C'est alors que mon téléphone a sonné, c'était une femme que je ne connaissais pas, un de ses amis de Naples lui avait donné mon numéro, je ne comprenais pas qui.

Elle s'est mise à me raconter qu'il avait une passion pour nous, ses filles. « Il était tellement heureux de n'avoir que des filles, il préférait de loin la compagnie des femmes. Il adorait évoquer les moments que vous passiez ensemble. Je le revois encore dans la voiture, passer son bras derrière le siège pour attraper ton petit pied, pour te montrer qu'il était là pour toi. J'entends encore ses rires quand il me racontait les histoires de ses filles. »

Je n'avais jamais entendu parler de cette femme, mais j'ai senti que c'était une vraie amie, une femme qui l'avait véritablement connu et aimé. Quand j'ai raccroché, la route était tout embuée. C'était la première fois qu'une personne me faisait pleurer en me racontant des histoires sur mon père.

# Chapitre 39

Molly m'a rejointe à Bologne, elle m'avait manqué terriblement durant ces deux mois. Trois jours après son arrivée, alors que j'étais à la bibliothèque pour faire des recherches, j'ai reçu un appel. J'ai répondu en chuchotant, et une voix stridente du nord de l'Italie s'est détachée du téléphone. J'ai couru à grandes enjambées vers le couloir pendant que la voix criait « *Pronto ? C'è qualcuno ? Pronto ?* » sur un ton de plus en plus aigu. Ce n'est qu'en m'approchant de la porte – on se sent toujours plus libre juste avant la sortie, comme les filles qui ont déjà leur clope roulée à la bouche dans l'ascenseur de l'université – que je me suis permis de lui répondre à voix haute. La femme parlait à toute vitesse. Elle m'a dit en rigolant : « On n'a jamais vu une Italienne se battre autant pour devenir italienne. » J'ai souri en comprenant qu'il s'agissait de ma demande de nationalité. Elle a repris : « Enfin je ne comprends pas votre acharnement, vous êtes déjà italienne !

— Oui, je suis italienne de sang grâce à mon père, mais je veux le devenir administrativement.

— C'est bien ce que je vous dis, mademoiselle, vous avez déjà la nationalité !

— Comment ça ?

— Votre père avait effectué les démarches nécessaires pour vos sœurs et vous, il ne vous reste qu'à remplir un formulaire pour recevoir vos cartes d'identité ! »

J'étais abasourdie. Mon père nous avait facilité la tâche, mais il n'était pas allé jusqu'au bout, comme s'il voulait que la demande vienne de nous. Et elle était venue quatorze ans après sa mort. J'avais tellement de mal à y croire que j'ai répété à plusieurs reprises nos deuxièmes prénoms pour être sûre qu'il était bien question de mes sœurs et moi, et la femme au bout du fil, sentant mon émotion, me l'a patiemment confirmé à chaque fois. Pour finir je lui ai dit : « Mais comment se fait-il qu'ils n'en savaient rien à la préfecture de Rome ?

— Tout simplement parce que les dossiers avaient été déposés à la mairie de Palerme. »

Palerme ? C'était typiquement une pirouette de mon père ! Pourquoi avait-il choisi cet endroit plutôt que la ville dont il était originaire, Naples, ou celle où il avait grandi, Rome ? Cela rendait toute cette affaire encore plus étonnante ! On aurait dit qu'il avait parfaitement prévu sa mort en s'assurant auparavant de la légende qui lui survivrait.

# Chapitre 40

Molly et moi étions hébergées chez Claudia, une vieille amie de notre père qui vivait avec sa famille dans une maison à la campagne, près de Bologne.

Je n'avais pas tiré les rideaux afin d'être réveillée par la lumière. Depuis mon lit, je ne voyais que les premiers arbres du bois et la partie moins entretenue du jardin. Je suis sortie de la chambre en pyjama. Mes pieds encore refroidis par la nuit frôlaient tout doucement le sol pour ne pas réveiller Molly. Elle dormait complètement contorsionnée, le cœur vers la fenêtre et le reste du corps rejeté vers l'arrière, comme si un mangemort avait tenté d'aspirer son âme pendant la nuit. Elle avait un sommeil très agité. Cette nuit elle avait même parlé, elle avait dit d'une voix lente et tout enrouée : « Comment dorment les baleines ? » Puis, après un long silence, elle avait ajouté : « Au fond de l'eau ? »

En avançant dans le couloir, j'entendais des bruits étouffés provenant de la cuisine, des voix cassées du matin discutant. L'odeur du pain grillé était tellement forte que je m'étonnais que le sol soit si froid. Je me serais crue au-dessus d'un immense toasteur et je m'attendais à faire un bond de six mètres dès que le minuteur aurait cessé de tourner. Ils étaient tous assis autour de la grande table où étaient disposées des tartines beurrées, des mirabelles, des pêches, de la confiture et des coquilles d'œuf vides. Molly n'a pas tardé à nous rejoindre et a commencé à plonger des tartines de Nutella dans son jus d'orange, une habitude répugnante qu'elle avait prise dans son enfance.

Après le petit déjeuner, nous sommes montées nous recoucher, Molly et moi, dans le grand lit face à la fenêtre. Molly a posé sa tête sur mon ventre et je lui ai lu *Moby Dick*. Depuis toujours elle aimait écouter mon ventre pendant qu'on se racontait des histoires. Elle entendait ma voix de l'intérieur, la résonance, les gargouillements, les battements, et soudain je n'étais plus une sœur, mais une caverne dans laquelle elle pouvait se réfugier. Ça la rassurait d'entendre que tout était en état de marche. Elle finissait toujours par s'endormir, et moi avec une furieuse envie de faire pipi. Cette fois-ci on s'est rendormies l'une sur l'autre, dans des contorsions invraisemblables, comme un monstre à quatre tentacules, avec deux ventres bombés d'enfant, pleins de petits déjeuners, d'œufs gluants et de tartines noires. Je me suis réveillée toute moite et suante sous l'immense couette qui nous recouvrait, j'ai voulu me redresser pour la repousser, mais j'ai été ramenée en arrière par une force surhumaine. Depuis que nous étions petites, Molly se servait de mes cheveux comme d'un doudou, elle en prenait une mèche dans son sommeil et l'entortillait autour de ses doigts jusqu'à avoir une prise plus résistante qu'un nœud de bateau. Mes cheveux étaient assez longs pour que je puisse me retourner sans problème, mais pas pour que je me redresse. Quand elle ne s'accrochait pas à mes cheveux, Molly dormait avec, dans le creux de la main, un petit mot que mon père lui avait laissé dans sa chambre avant de mourir. Le papier était devenu doux, tant il était froissé, et l'encre était effacée. Elle l'agrippait depuis quatorze ans.

Molly se rendormait toujours après le petit déjeuner. Elle se couchait très tard et se réveillait naturellement tôt, alors la moindre activité l'épuisait. Un jour, elle m'avait demandé : « Anna, quand on fait des trucs géniaux à 3 h 38 du matin, est-ce que ça veut dire qu'on fait une insomnie ou simplement qu'on aime la nuit ? » Moi, la nuit m'angoissait terriblement, j'étais morose, j'avais besoin de lumière. Molly, c'était ça qu'elle aimait, au contraire, profiter de la nuit pour faire des choses peu constructives, elle était plus à l'aise à ces heures-là, ça lui donnait un espace de liberté qu'elle n'avait pas dans ses journées trop remplies d'adolescente.

Elle se réveillait une seconde fois en fin de matinée, elle aimait que ce soit un second réveil, elle détestait rouvrir l'œil sans avoir fait le premier round et que la journée ait commencé sans elle. Elle restait alors une heure assise à son bureau à lire en pyjama, puis elle allait prendre un bain, un bain très long et tiède en fumant des cigarettes – elle ne fumait que dans le bain ! Après cela, elle s'habillait légèrement. Elle passait ensuite la journée à rajouter des couches parce qu'elle ne bougeait pas et que cela la refroidissait, et elle finissait par ressembler à une œuvre d'art contemporain.

Au petit déjeuner, j'avais appris que pour dire « je pense à toi », les Italiens disent « *ti penso* », « je te pense ». Cela me suffirait à passer une bonne journée, me suis-je dit. J'ai repris mon livre et attendu que Molly se réveille et libère mes cheveux de son poing.

Dans l'après-midi, nous avons cherché à joindre un ponte de l'histoire de l'art italien qui avait formé mon père quand il était à Bologne et que

Claudia connaissait. Elle a sorti un immense répertoire, trouvé un vieux numéro à quatre chiffres et l'a tapé avec confiance sur son téléphone fixe. Elle est tombée sur un message vocal l'informant que le numéro n'était plus attribué. Sans dire un mot, elle l'a recomposé. Deuxième échec. Une troisième fois, *idem* – on aurait pu continuer à l'infini. Elle s'est arrêtée, dépitée. J'étais déçue. Et si par malheur cet homme était mort ? Au bout de quelques minutes de discussion, de déception, elle a repris le téléphone et enfoncé toutes les touches à fond. Et par miracle… il a répondu ! Comment cela était-il possible ? Trois tentatives aboutissant sur une boîte vocale qui nous dit d'abandonner, et à la quatrième une voix qui répond, c'était peut-être ça, l'histoire de mon père. En tout cas, c'était mon histoire rêvée : que quelqu'un réponde à un numéro résilié. Petite, je continuais de téléphoner à mon père avec mon petit téléphone à clapet rose, orné d'un porte-clefs chinois, dans l'espoir qu'en voyant les appels manqués il ait pitié de moi.

# Chapitre 41

Le lendemain, Molly est repartie pour Paris. Après l'avoir accompagnée à la gare de Bologne, je me suis rendue chez Roberto Giacomozzi, l'homme qui avait répondu sur la ligne téléphonique non attribuée. J'avais demandé à Molly si elle était sûre de ne pas vouloir venir, et elle m'avait dit qu'elle préférait rentrer et me laisser faire mes recherches toute seule ; elle ne voulait pas tout savoir comme moi.

Roberto habitait dans un immeuble très ancien. Il m'attendait en haut des larges marches, sur son palier, vêtu d'un costume bleu nuit et d'un nœud papillon rouge. J'ai pénétré à sa suite dans une grande entrée blanche, meublée d'une armoire en bois foncé et décorée d'affiches d'expositions russes et italiennes. Puis Roberto s'est dirigé vers le salon, le torse en avant comme s'il allait basculer, comme s'il marchait d'habitude avec une canne et qu'il avait oublié de la prendre. Par une porte vitrée, j'ai aperçu sa bibliothèque, son éléphantesque bureau couvert de papiers. Au fond du salon, situé au bout de l'appartement, à l'angle de l'immeuble, trônait un grand portrait de Lénine. Me voyant le regarder, Roberto m'a dit avec un sourire aux lèvres : « Je sais que ça ressemble anormalement à un personnage connu, mais c'est un portrait de mon grand-père ! »

Difficile de le croire cependant, avec le petit calendrier soviétique posé à côté de son fauteuil et tous les objets évoquant son appartenance aux mouvements communistes qu'avait connus Bologne. Ici était rassemblée toute l'histoire de « la ville rouge », où des révolutionnaires vivaient dans d'anciens palais ocre.

Roberto m'a désigné le canapé, je m'y suis enfoncée entre deux piles de livres qui menaçaient de s'écrouler, et il m'a tendu quelques feuilles de papier. C'étaient des extraits du journal qu'il avait écrit alors qu'il était à Leningrad à l'occasion d'une exposition sur l'art italien organisée au musée de l'Ermitage.

« Cela pourrait t'intéresser, m'a-t-il dit. Ton père y est désigné par la lettre P. »

Je m'y suis plongée aussitôt.

« 5 janvier 1974

Je suis arrivé ce matin en Russie. Je suis accompagné de P, un jeune homme qui m'assiste maintenant depuis quelques mois. Son père m'a demandé de veiller sur lui durant ses études à Bologne. Il vit chez une femme sous les arcades et connaît déjà tout le monde. Même les professeurs dont il sèche les cours l'adulent ! On le voit partout dans l'université, mais jamais dans une classe. Ce qui se comprend au vu des derniers évènements. Toutefois il a soif de connaissance. Il vient me voir tous les jours, consulte mes livres et veut apprendre l'histoire de l'art. C'est un assistant parfait. De plus, il connaît mieux les codes de la société que moi. Nous sommes à Leningrad pour un de mes plus grands projets, une exposition majeure sur la peinture italienne du XVII^e siècle à l'Ermitage.

Aujourd'hui, il fait un froid polaire, P ressemble à un héritier du tsar quand il marche dans les rues enneigées avec son grand manteau camel. »

« 7 janvier 1974

Cet après-midi après une longue réunion à l'Ermitage, nous sommes allés marcher. Il était quinze heures et déjà le jour tombait. Nous avons aperçu, sous la neige, la cathédrale Saint-Sauveur-sur-le-Sang-Versé si colorée, au bord du canal Griboïedov entièrement gelé. C'était une vision féerique. Nous avons pénétré à l'intérieur, la messe de Noël venait à peine de commencer. La beauté de la liturgie nous a hypnotisés. Le pope portait sept couches de costumes qu'il retirait au fur et à mesure de la célébration et abandonnait là, sur le sol. Le dernier habit était entièrement doré. Les lumières, les costumes, les bougies, les chants, l'encens, tout était merveilleux. Comme l'exige le rite orthodoxe, nous sommes restés debout pendant toute la messe qui a duré plus de cinq heures. La fatigue du corps et de l'esprit, la langue que je ne comprends pas, tout portait à l'extase mystique. P avait les mains frigorifiées. Je lui ai donné mes gants pour qu'il puisse les réchauffer dans la chaleur que j'y avais laissée, et j'ai pris les siens, plus fins et plus élégants. Puis je suis allé acheter quatre longs cierges rouges et les tenais pour que P se réchauffe les mains. »

« 12 janvier 1974

Aujourd'hui une partie des œuvres sont arrivées d'Italie du Nord. P était posté en bas de l'escalier et indiquait en russe l'emplacement de chaque tableau. On aurait dit un commandant de régiment. »

« 17 janvier 1974

Ce soir, comme tous les soirs, nous avons dîné au Grand Hôtel avec L. Cet endroit est une île dans la société soviétique de Leningrad. Les clients sont en tenue de soirée, on danse au son d'un petit orchestre, sous la lumière des lustres. Nous étions en retard car P sortait à peine de la douche au moment où nous aurions dû partir. Il s'est séché rapidement les cheveux avec une serviette, et le temps d'aller jusqu'à la voiture, sa tête avait gelé. Il a commencé à divaguer et est tombé inconscient en arrivant à l'hôtel. L a demandé qu'on appelle un médecin en urgence. La réceptionniste a répondu qu'il était impossible d'en trouver un à Leningrad ces jours-ci, encore moins le soir. Elle a appelé une femme qui avait été infirmière pendant la guerre. P avait entièrement perdu connaissance. Il était blanc comme un linge, il tremblait et respirait très fort. Il était froid comme la mort. La femme est arrivée une demi-heure plus tard, P ne laissait plus échapper qu'un mince filet d'air. Elle nous a dit qu'il était en train de mourir, qu'il fallait l'hospitaliser immédiatement et qu'ils l'enverraient en Crimée pendant des semaines. J'ai pensé que tout était fini, l'état de P se dégradait de seconde en seconde et à supposer qu'ils aient le temps de le sauver, je ne me voyais pas annoncer à son père que je laissais partir son fils seul en Crimée. Je ne pouvais pas l'accompagner là-bas non plus à cause de l'exposition. Je lui ai demandé si elle était absolument certaine qu'il n'y ait pas d'autre solution. Elle m'a répondu qu'elle avait apporté un produit qui pouvait soit le sauver soit l'achever. Je me suis retourné vers P, j'ai vu son teint cireux et j'ai dit à la femme de lui faire la piqûre. Étais-je sûr qu'il allait pouvoir la supporter ? "Le connaissant, oui", ai-je affirmé, mais pouvais-je en être si sûr, peut-être signais-je son arrêt de mort. Elle lui a fait la piqûre et il s'est réveillé immédiatement en demandant "*Ma dove cazzo sono ?*" – Mais où suis-je, bordel ? »

« 20 janvier 1974

P a passé trois jours au lit à lire la presse et à présent il est remis sur pied. Aujourd'hui nous avons déjeuné tous les deux avec notre amour, L. »

« 1er février 1974

Un ami de P est arrivé. C'est un écrivain originaire de Bucovine, GR. Il est impossible de savoir si son nom vient de la Transylvanie autrichienne, ou bien de Sicile ! Il descend d'une très ancienne famille aristocratique italienne proche des Habsbourg. Il est apatride maintenant.

Aujourd'hui, nous avons pris une troïka pour nous rendre au palais de Pavlovsk. G, le cocher, fouettait les trois chevaux noirs et nous glissions à une allure inimaginable à travers la forêt ! G fouettait toujours plus fort. P, L et moi criions en vain, sans pouvoir ralentir la machine infernale. Le vent nous cinglait, nous esquivions des branches, et nous ne pouvions plus nous arrêter de rire. La vapeur qui s'élevait des chevaux nous réchauffait. Nous volions presque.

Nous avons atteint un lac gelé et le calme est revenu. P s'est silencieusement avancé sur la glace. Il marchait vers le palais. Il s'est doucement retourné en plein milieu du lac, alors que nous l'observions, ébahis, et nous a fait un petit signe de la main. »

« 20 février 1974

Aujourd'hui nous sommes partis de Leningrad. Un train nous a emmenés à Moscou où nous dormirons cette nuit avant de reprendre l'avion. Sur le quai de la gare, L se tenait droite dans son manteau étroit au grand col en fourrure. Elle était plus belle encore que d'habitude, ses yeux et ses joues étaient rougis par la fatigue et la tristesse. Elle s'est approchée de moi, ses longs cheveux blonds rehaussés en chignon, et m'a dit dans le creux de l'oreille : “Je vous aime tous les deux, lui comme un garçon et toi comme un homme.” Elle savait que c'étaient quelques mots de russe que je comprenais. Pendant tout notre séjour, nous avions communiqué avec elle de façon intuitive puisqu'elle ne parlait que sa langue natale.

Je sais que nous ne la reverrons jamais. L de Leningrad, notre amour. »

J'ai rendu les feuillets à Roberto. Il a remarqué mon émotion et m'a montré quelques dessins qu'il avait faits à l'époque. J'ai voulu voir aussi des photos de L, Roberto est allé chercher des boîtes et a fouillé dedans en silence. Il a sorti des photos de lui jeune, d'amphithéâtres remplis d'étudiants, et de sa femme devant la maison d'édition scientifique où elle travaillait alors. Il n'en a pas trouvé de L.

Nous nous sommes ensuite assis autour de son bureau recouvert de papiers et de livres. Certains ouverts, d'autres fermés. Des dessins étaient accrochés aux murs, dont un qui représentait une « Piazza Morandi » imaginaire avec d'immenses bouteilles et des enfants avec des bérets qui jouaient à côté. Roberto m'a demandé de le prendre en photo pour que je me souvienne de lui quand je serais repartie en France et aussi parce qu'il avait mis son nœud papillon et son costume exprès pour moi.

« Tu peux me promettre une chose ?

— Oui, bien sûr.

— Quand tu seras rentrée en France, envoie-moi une jolie lettre écrite de ta main et des photos de tes sœurs, ta mère et toi, pour que je les aie avec moi, je vous aime tellement. En souvenir de ton papa. »

Nous étions tous les deux sur le palier et je ne parvenais pas à partir. Roberto m'a tendu une carte de visite sur laquelle un nom était écrit. Je restais là, incapable de le quitter, jusqu'à ce que, voyant qu'il avait du mal à tenir debout, je me décide enfin, le cœur serré, à prendre congé de lui.

En marchant pour rentrer chez Claudia, je me suis souvenue que mon père m'avait parlé de la Russie. Il m'avait raconté qu'à Moscou il y avait le coin de rue le plus venteux du monde et que des hommes étaient postés là pour faciliter le passage de ce Gibraltar ! Il m'avait soulevée de terre en me disant : « Toi, tu te serais envolée ! » J'avais donc longtemps cru que je pouvais m'envoler très facilement.

## Chapitre 42

Le soir même, j'ai téléphoné à ma mère et je lui ai raconté ma merveilleuse rencontre avec Roberto. Elle m'a demandé en riant, d'un ton amusé : « Je suppose qu'il t'a relaté lui aussi l'épisode de la prison ? »

Je n'en avais jamais entendu parler. Elle m'a assuré qu'elle avait raconté cette histoire des centaines de fois, mais que personne ne l'écoutait jamais.

« Ton père est allé en prison en Russie et a eu énormément de succès en préparant des pâtes pour tout le monde ! » a-t-elle résumé à toute vitesse.

Et voilà, fin de l'histoire, merci, mesdames et messieurs, vous pouvez circuler. Comme j'insistais, elle a fini par me dire que mon père s'était retrouvé en prison parce qu'il avait picolé avec un chauffeur de taxi et qu'ils avaient embouti la voiture sur l'un des plus grands ponts de Saint-Pétersbourg – Leningrad à l'époque. Il n'était resté en prison que quelques jours, mais c'était une vraie prison et ce fut suffisant pour qu'il se dégote un réchaud primus – comme ceux qui remplissent les pages du *Maître et Marguerite* –, et prépare la pasta pour tous les autres détenus.

# CHAPITRE 43

Sur la carte de visite qu'il m'avait donnée en me quittant, Roberto avait écrit le nom d'une dernière personne que je devais contacter, selon lui. Ce nom lui était revenu à l'esprit en me voyant. Il n'avait jamais rencontré cet homme, il avait simplement entendu mon père le mentionner quelquefois. Il était de ces amis avec lesquels on grandit, avec lesquels on se construit aussi en s'opposant. Meilleurs amis pendant l'enfance, ils s'étaient ensuite souvent éloignés, opposés, se moquant l'un de l'autre tour à tour, mais la vie finissait toujours par les réunir. Rosalie était d'ailleurs née le jour de l'anniversaire de ce Pierre.

J'ai tapé son nom sur Internet et ai aussitôt trouvé une adresse mail. Sans prendre le temps de trop y penser, j'ai envoyé un courriel. Il m'a répondu dans la demi-heure. Quand mon père est mort, ils ne se parlaient plus depuis plusieurs années, et le lien aujourd'hui se reformait comme ça, grâce à deux personnes qui ne réfléchissaient pas trop avant d'envoyer des mails. Il me proposait de m'appeler dans deux jours en vidéo depuis Londres où il habitait maintenant. J'ai confirmé le rendez-vous dans un état d'excitation et d'agitation avancées. À quelques heures du coup de fil, j'ai commencé à me sentir angoissée, je n'avais plus envie de lui répondre, je voulais fuir, comme si je devais renouer avec mon propre ami. J'ai écouté de la musique sur mon téléphone et après deux titres, *Lonely* a retenti. J'ai pris ça comme un signe.

Pierre m'a appelée à l'heure convenue, il était assis dans un fauteuil, à Londres, et me regardait avec des yeux pleins de bienveillance. Il m'a posé des questions sur nous, sur notre vie depuis la mort de mon père. Je lui ai tout raconté, puis je lui ai parlé de la quête que j'avais entreprise.

Il m'a dit qu'il avait rencontré mon père dans un pensionnat de la vallée d'Aoste, quand ils étaient enfants. Ils avaient des lits voisins dans le dortoir. Mon père était le Napolitain de Rome, et lui le Français de Turin. « Ton père se tenait un peu à l'écart, la vie au pensionnat était trop brutale pour sa profonde sensibilité. Il n'aimait pas le foot, ni la bagarre, les jeux de garçons ne l'intéressaient pas. Il était très malheureux là-bas.

Tu sais, il venait d'une famille très particulière. Depuis qu'il était enfant, il côtoyait des poètes, des intellectuels, des artistes, les amis fantasques de ses deux grands frères. Leur maison était le centre de la société romaine. Et il se retrouvait dans ce pensionnat froid, dans le Nord, où l'on dormait sur des lits de camp.

« Depuis la mort de sa mère, ses grands frères et son père le protégeaient beaucoup et là, au pensionnat, il était sous l'autorité de l'infâme padre Saverio, qui prenait un malin plaisir à le martyriser. C'était très dur pour lui de s'intégrer, et d'ailleurs il n'en avait pas envie. Je crois que ça a été le problème de sa vie.

« Ses frères l'admiraient et le couvaient, il est toujours resté le petit dernier pour eux. Et dans le même temps ils cherchaient absolument à lui dicter sa vie, au lieu d'essayer de comprendre qui il était.

« Quand il est entré à l'université, il s'est révolté. Il a pris son indépendance et a cru trouver une communauté qui lui ressemblait quand il s'est rapproché des mouvements de gauche, lui qui s'était toujours senti à la fois hors du monde dans lequel il avait grandi et de la société moderne. Mais là encore, ce n'était pas pour lui.

« Il était fondamentalement excentrique, c'est pour cela qu'il se plaisait avec les Anglais, qui sont plus fantaisistes. En Angleterre, l'excentricité, c'était déjà une place en soi dans la société, alors qu'en France, c'était plus méprisé. On le regardait comme un oiseau rare. À Paris, il fallait avoir une profession et un statut social bien définis. Alors que justement sa vie, c'était son œuvre : rien n'était fixe, tout était transitoire, fait pour la beauté du geste, le plaisir de la fête ou de la connaissance. Les Français, qui n'accordaient de valeur qu'à l'accomplissement, ne comprenaient pas que ton père soit dans l'inachèvement. C'était un dandy, un dilettante, un fin connaisseur des arts, presque paralysé par cette passion. Mais déjà à l'époque où il est mort, il n'y avait plus de place pour les personnages de roman. »

III

# Chapitre 44

Quelques semaines après, j'étais de retour à Paris et je dînais avec un groupe d'amis dans un restaurant italien. Nous étions installés à une grande table en terrasse. Alors que tout le monde parlait, je regardais les clients derrière la vitre, et j'ai remarqué une femme aux cheveux gris et courts, portant une grande chemise blanche.

Est-ce que ce pouvait être elle ? Ou étais-je reprise par une crise de folie ? Alma, était-ce elle ?

À l'époque où nous la voyions avec mon père, elle avait des cheveux mi-longs et noirs. C'était une de ses meilleures amies. Je suis immédiatement entrée dans le restaurant et, feignant d'aller aux toilettes, je l'ai observée le plus longtemps possible. J'essayais de toutes mes forces de retrouver l'image que j'avais d'elle quand j'avais six ans. Impossible. Alors je me suis approchée de sa table. Était-elle bien Alma ? Elle a acquiescé, l'air surpris.

J'ai mis ma main sur mon cœur pour me désigner et lui ai dit qui j'étais, ses yeux se sont éclairés. Je lui ai dit, comme un signe supplémentaire, que je portais la veste de mon père. « Je me disais bien qu'elle était particulière cette veste ! » m'a-t-elle répondu en riant, et j'ai reconnu ce rire grave qui avait marqué mon enfance.

On s'est retrouvées le lendemain à une terrasse de café. Elle m'a raconté que mon père et elle s'étaient connus, enfants, à Amalfi où elle avait grandi. Elle m'a parlé de son appartement tout en haut de la ville, dont les fenêtres donnaient sur un champ de citronniers. Elle admirait ma famille de loin, elle les voyait partir en mer avec leurs invités dans des riva. « Ils avaient l'air de tellement s'amuser », m'a-t-elle dit, les yeux plissés et rieurs. Mon père était son compagnon de jeu quand ils étaient petits, et elle avait continué à le voir par la suite. D'ailleurs, le premier mot qu'elle avait employé pour l'évoquer, c'était *giocherellone*, un garçon joueur, malicieux. Il repartait à la fin de l'été pour Rome, alors qu'elle restait à Amalfi. Il revenait l'année suivante, et ils passaient de nouveau tout leur temps ensemble.

Bien des années plus tard, à mon baptême, il était ivre et l'avait insultée devant tout le monde. C'était la dernière fois qu'ils s'étaient parlé et elle le regrettait profondément, m'a-t-elle confié. Elle ne cessait de penser à ça en me parlant, à ce pardon qu'ils ne s'étaient pas accordé. « Il était mon meilleur ami, et cette image obstrue tout quand je prononce son nom dorénavant, c'est tellement triste. » Elle semblait bouleversée.

Je lui ai demandé comment ils s'étaient rencontrés exactement. À la mort de ma grand-mère, m'a-t-elle expliqué, son père à elle était allé toquer à la porte de mon grand-père pour lui présenter ses condoléances. Il lui avait dit qu'ils étaient voisins et qu'il avait une fille du même âge que son fils et qu'elle pourrait venir jouer avec lui pour lui changer les idées. C'était ainsi que mon père et elle étaient devenus amis.

« Je me souviens que ces trois frères qui avaient vécu cette histoire tragique nous captivaient avec mes amies. On passait nos journées dans les arbres à penser à eux, à leur malheur, à les imaginer dans leur grande maison triste. En plus ils étaient beaux, grands, fins et élégants, alors que la plupart des garçons étaient petits et gros à l'époque, en Italie.

« Et puis cette mère sublime, j'ai appris plus tard qu'elle se droguait, ton père avait probablement été intoxiqué à même le ventre, précisa-t-elle. Elle est morte en faisant la course avec un ami alors qu'elle rentrait à Rome par la route sinueuse de la côte. Elle était au volant d'une voiture de sport, il pleuvait des cordes, elle a dérapé et elle est morte sur le coup. Ton grand-père a été appelé en plein milieu de l'après-midi pour aller reconnaître le corps.

« Ton père alors n'avait que neuf ans. Il était fâché que sa mère quitte la maison de vacances et s'était caché dans un placard au moment de son départ. Elle n'avait pas pu lui dire au revoir. C'était une véritable tragédie. Sa mère lui manquait, il se sentait coupable de l'avoir rendue triste et de ne pas lui avoir dit au revoir. Ça a été la plus grande souffrance de sa vie, il en parlait souvent, il ne s'en est jamais consolé. La mort de sa mère a créé une brèche dans laquelle tout s'est engouffré. La drogue n'était qu'une manière de combler ce vide ou de recréer la situation de manque, je ne sais pas. Il n'a pas grandi avec une mère, il a grandi avec le manque, c'était finalement sa zone de confort, et son addiction à la drogue était un moyen de renouveler cette sensation. Et aussi de s'enfuir de sa tête, de ne plus rien ressentir pendant quelques heures. »

Il avait perdu sa mère à neuf ans, et moi je l'avais perdu, lui, mon père, à six ans. C'était comme si ma tragédie venait poursuivre la sienne. Je comprenais enfin qu'il n'avait rien de diabolique. Il avait tenté de fuir ce vide infini en s'engageant dans des causes politiques, en se perdant dans la contemplation des œuvres d'art, en aimant des Françaises. Rien ne lui avait permis d'y échapper, même le fait d'avoir des enfants. Il avait appelé sa première fille Rosalie, en hommage à sa mère. Rosalie avait pris conscience de cette répétition de l'histoire avant moi, en voyant son prénom et son nom sur une tombe, à Rome. Le poids de cette mère était ancré en elle et elle s'était fait un devoir de veiller sur son père. Lorsqu'il sortait le soir, elle ne s'endormait pas avant qu'il rentre, parfois quelques minutes avant qu'elle doive partir à l'école. Elle portait en elle la mission de le sauver. Je comprenais aussi que rien n'était de notre faute, que ses filles avaient été le plus grand bonheur de sa vie et qu'il nous avait aimées de l'amour le plus fort, car je le ressentais encore aujourd'hui. Mais son mal-être était plus profond et il n'avait pas réussi à s'en sortir. La drogue s'était immiscée dans sa vie pour calmer ce malheur ou l'expulser, mais elle avait tout fait revenir, encore plus fortement, encore plus sombrement.

Nous avons fini nos thés en silence, et puis Alma m'a parlé d'un dernier souvenir, du temps de leur enfance. « Le soir, pendant l'été, on sortait et on allait tout doucement sur le balcon regarder les pêcheurs qui allumaient les *lampari*, ces lampes accrochées à leurs barques pour attirer les poissons. Ils se parlaient en poussant de grands râles dans l'immense espace de la mer. On restait là à espionner ce spectacle, pieds nus, en pyjama. Ce son est resté gravé en moi toute ma vie. Il y a quelques années, je suis allée à ma fenêtre, je l'ai ouverte avec la même précaution qu'avant, pour entendre à nouveau ce chant des pêcheurs, mais il n'y avait qu'un yacht en mer et le bruit sourd des basses de la musique techno qui passait à son bord. Tu vois, même le bruit de la nuit a changé. »

## Chapitre 45

Le médecin que j'avais consulté pour mes problèmes d'endométriose et ma propension à tomber facilement dans les pommes m'a appelée, alors que j'arrivais chez moi.

« Mais vous êtes italienne ? m'a-t-il demandé.

— Oui !

— Eh bien, tout s'explique, alors ! Vous avez ce qu'on appelle une "anémie méditerranéenne", il s'agit d'une déformation des globules rouges que l'on retrouve dans tout le bassin méditerranéen, en Afrique et très fréquemment chez les Italiens. Votre famille est originaire du sud de l'Italie ?

— Oui, de Naples, ai-je dit en bombant le torse, alors qu'il ne pouvait même pas me voir.

— Bon, ne vous inquiétez pas, ce n'est pas grave, mais c'est pour ça que parfois vous vous sentez un peu faible. »

J'ai regardé les veines de mes poignets fièrement, je n'avais jamais été aussi heureuse qu'on m'annonce une maladie. Enfin j'étais italienne. Je n'étais pas une imposture ni une étrangère, j'avais une preuve.

# CHAPITRE 46

Le lendemain, je suis allée au Louvre dans la partie consacrée à l'Égypte ancienne. L'Égypte était un des seuls pays que j'avais visités avec mon père. J'étais trop petite pour m'en souvenir, mais j'avais vu et revu les photos de lui, en costume, essayant de déchiffrer des hiéroglyphes. Dans l'Antiquité, la civilisation égyptienne était une civilisation tournée vers la mort, elle l'écrivait, la mettait en scène, et en pensant aux photos de mon père devant des hiéroglyphes j'ai compris qu'à ce moment-là il ne la craignait plus.

Arnoldo m'avait dit que mon père m'avait un jour pointée du doigt en affirmant : « Elle, je sais qu'elle s'en sortira. J'ai toujours cru qu'il fallait que j'attende ses dix-huit ans avant de mourir, mais non, elle, elle s'en sortira très bien toute seule. » Je lui en avais voulu amèrement d'avoir prononcé cette phrase, comme si elle avait fait office de prophétie, mais je la comprenais maintenant.

C'est peut-être là que se termine l'odyssée de mon père. Ma mère et mes sœurs se sont chargées d'en préserver les histoires glorieuses avant que ma quête ne commence. Elles l'ont maintenu un peu en vie, dans une atmosphère joyeuse, le temps que je grandisse. Dorénavant, il n'est plus le héros du début. Je sais qu'il a souffert, qu'il était sombre et merveilleux aussi. Il n'est plus l'homme sans douleur. Il n'est plus lointain. Il est à sa place, tout simplement.

J'accepte sa mort désormais, et je ne considère plus sa perte comme la partie la plus intéressante de moi. J'ai non seulement le souvenir de mon père, mais également le souvenir de mon père imaginaire.

C'est la fin de l'aventure, le début du récit.

Je voudrais remercier

Ma mère, mon beau-père, mes sœurs et Zohra qui m'ont soutenue pendant toute l'écriture de ce roman.

Benjamin Olivennes, Lewis Delhomme, Clémentine Deroudille et Nine d'Urso pour leurs précieuses lectures et leur patience face à mes questionnements.

Mes amis *persévérants* qui n'ont cessé de m'encourager à écrire.

Sophie de Closets, pour son inestimable confiance.

Toute l'équipe de Flammarion pour leur aide, leur joie et leur bienveillance.

Alix Penent d'Izarn, qui comprend avec tant d'intelligence et de sensibilité ce que je ressens et veux exprimer.

Enfin, je voudrais remercier tout particulièrement les personnes qui m'ont aidée dans mes recherches, en m'accueillant, en me mettant en contact avec d'autres, en me conduisant en barque ou en voiture, en me parlant de leur histoire, de leur époque, et qui m'ont donné la liberté de pouvoir les réinventer.

NORD COMPO
multimédia

Composition et mise en pages
Nord Compo à Villeneuve-d'Ascq

CET OUVRAGE
A ÉTÉ ACHEVÉ D'IMPRIMER
SUR ROTO-PAGE
PAR L'IMPRIMERIE FLOCH
À MAYENNE EN JUIN 2023

N° d'édition : 617360-4. N° d'impression : 102775
Dépôt légal : mars 2023
Imprimé en France